KB178679

<5학년 3반 청개구리들> 저자가
13년의 침묵을 깨고 세상에 던지는 충격적인 이야기

남편을 10억에 팔아먹은 여자

장편토크소설

최승훈 지음

지성문화사

프롤로그

친애하는 독자님!

이제 곧 결혼하게 될 20대와 30대 예비신부님들께 묻겠습니다. 만일 신부님이 결혼해서 살다가 생활에 어려움이 왔을 때 어떤 여자가 나타나서 사랑하는 남편을 10억에 팔라고 한다면 신부님은 어떻게 하시겠습니까? 남편을 10억에 파시겠습니까?

이제 곧 결혼하게 될 20대와 30대 예비신랑님들께 묻겠습니다. 만일 신랑님이 결혼해서 살다가 생활에 어려움이 왔을 때 신랑님의 아내가 신랑님을 어떤 여자에게 10억에 팔겠다고 한다면 신랑님은 어떻게 하시겠습니까? 신랑님은 아내의 제안에 선뜻 동의하시겠습니까?

현재 결혼해서 살고 있는 젊은 아내님들께 묻겠습니다. 경제적 어려움이 와서 결혼 전에 꿈꾸어 왔던 모든 행복탑이 하나하나 무너져 내리고 있을 때 어떤 여자가 나타나서 아내님의 남편을 10억에 팔라고 한다면 아내님은 어떻게 하시겠습니까? 선뜻 파시겠습니까?

현재 결혼해서 살고 있는 젊은 남편님들께 묻겠습니다.
경제적 어려움이 와서 결혼 전에 꿈꾸어 왔던 모든 행복탑이 하나하나 무너져 내리고 있을 때 아내가 남편님을 어떤 여자에게 10억에 팔겠다고 한다면 남편님은 어떻게 하시겠습니까? 아내의 제안에 선뜻 동의하시겠습니까?

삶은 항상 변화무쌍합니다. 사람은 아무리 1등급의 좋은 머리를 가지고 있어도 내일 일은 모릅니다. 내일 내가 성공할지, 패배할지, 내일 병들어 죽을지, 건강하게 잘 살지는 아무도 모릅니다. 그래서 사람들은 어쩌면 늘 불안한 삶을 살고 있는지도 모릅니다. 그리고 사람들은 매일 매일 다가오는, 단 한번도 연습해 보지 않았던 변화무쌍한 삶에 고생하며 적응하며 살아가야 됩니다.

현대는 황금만능시대이고 극도로 이기적이고 경쟁이 치열한 산업사회입니다. 돈을 준다하면 사람이 사람도 죽이는 끔찍한 시대입니다. 어쩌면 황금으로 애정을 살 수도 있고 애정이 황금을 살 수도 있는 참으로 참혹한 시대인지도 모릅니다.

하지만 그래도 옛날이나 현재나 사랑은 아름답고 사랑은 고귀한 것임을 부인할 수는 없지 않겠습니까?

저자도 이 책을 쓰기는 했지만 사람의 미래에 다가올 행복이나 불행의 정답은 모릅니다. 그래서 친애하는 독자님들께 숙제를 하나 드립니다.

친애하는 장차 결혼하게 될 20대, 30대 예비신랑신부님들과 현재 결혼해 잘 살고 있는 모든 아내님과 남편님들이여, 이 책을 기회가 되면 꼭 한번 처음부터 끝까지 읽어 보시고 받은 감동과 결론을 SNS에 한 줄 올려주세요. 그러면 대단히 감사하겠습니다. 그러면 저자는 그 글들을 보며 기쁘고 즐겁게 인생 공부를 하며 독자님들이 만족할만한 책을 또 쓰고 쓰겠습니다.

최승훈

차례

낯선 여자의 전화

산마다 진달래꽃이 활짝 필 무렵, 나는 등산을 다녀와서 거실에 앉아 있었다. TV에서 뉴스가 나오고 있었는데, 뉴스를 보고 있긴 했지만 나는 딴 생각에 잠겨 있었다.

그런 어느 순간, 내 핸드폰이 울렸다.

"여보세요?"

나는 번쩍 정신을 차려서 핸드폰 전화를 받았다.

"여보세요?"

"저어……"

누군가가 얼른 말을 하지 않고 잠시 뜸을 드리다가 말했다.

"저어…… 실례지만 최승훈 선생님의 핸드폰이 맞는가요?"

처음 듣는 여자의 목소리였다.

나는 약간 의아해하다가 대답했다.

"예, 그렇습니다. 그런데 실례지만 전화하신 분은 누구신가요?"

"예, 저는 선생님의 독자에요. 애독자."

"아, 그러세요? 그런데 무슨 일로 전화를 하셨습니까?"

"저는요. 우리 애와 함께 선생님이 쓰셨던 <5학년 3반 청개구리들>을 여러 번 읽었었어요. 아이들이 잘 읽을 수 있도록 아주 쉽고도 재미있게 쓰셨던 <5학년 3반 청개구리들>은 지금도 잊지 못하고 있어요. 내 딸도 아직 그 책을 잊지 못하고 있답니다. 정말 재미있고 큰 감동을 주었던 책이었어요."

"...."

나는 여자가 느닷없이 내가 쓴 책을 너무 격찬하는 바람에 잠시 얼떨떨해져 있었다. 하지만 어쨌거나 고맙고 감사한 일이었다. 그래서 얼른 감정을 수습하여 진심으로 인사했다.

"제가 쓴 책을 그렇게 좋게 기억해 주시다니 뭐라고 감사해야 될지 모르겠습니다. 절판된 지 십년이 넘어서 사실은 저도 까맣게 잊고 있었는데 아직까지 잊지 않고 기억해 주시다니 정말 고맙고 감사합니다."

"아니에요! 아니에요!"

여자가 펄쩍 뛸 듯이 큰소리로 말했다.

"잊다니요. 말도 안돼요. 세월은 많이 흘렀지만 당시 <5학년 3반 청개구리들>은 대 베스트셀러였잖아요. 그 당시 그 책을 안 읽은 어린이는 우리나라 어린이가 아니랄 정도로 <5학년

3반 청개구리들>을 안 읽은 아이들이 없었잖아요."

"하긴 그 당시 어린이들이 <5학년 3반 청개구리들>을 읽기는 많이 읽었었지요."

나는 여자의 부채질에 휘말려서 나도 모르게 잠시 그 당시를 추억했다. 그러다가 문득 여자가 나한테 전화를 한 의도가 무엇일까, 하는 의문이 생겼다. 그래서 후딱 추억에서 빠져나와 진지하게 전화한 의도를 물었다.

"그런데요. 그 책 때문에 전화를 하신 것 같지는 않은데, 나한테 무슨 할 얘기라도 있으신지요?"

"예, 실은……"

그제야 여자가 무엇을 숨기고 있다가 들킨 것 같은 목소리로 잠시 머뭇거리다가 말했다.

"저어… 사실은 선생님께 제가 따로 드릴 말씀이 있어서 전화를 했어요. 애독자가 전화를 한 것이니까 조금 언짢은 일일지라도 좋게 이해를 해주시고 들어주세요."

"무슨 일 때문에 그러시는지는 모르겠지만 이해를 해드릴 테니 말씀을 해 보세요."

"저어… 실은 다름이 아니고요……"

여자는 뭔가 말하기 거북한 일인 듯 또 우물쭈물 뜸을 들이다가 말했다.

"사실은 제가 좀 기구한 삶을 살았어요. 그냥 묻어 버리기에는 너무 아까운 정말로 기구한 일들이라서 세상에 공개를 하고 싶은 마음이 생겼어요. 그런데 제가 선생님처럼 글을 잘 쓰는 재주가 없어요. 그래서 선생님께 제 기구한 인생사를 글로 좀 써 주십사 하는 부탁을 하려고 전화를 한 거예요."

'그러면 그렇지!'

순간, 나는 또 걸렸구나 하는 아찔한 느낌을 받았다. 내가 작가로 세상에 이름이 알려진 후, 특히 <5학년 3반 청개구리들>이 대 베스트셀러가 된 후 실로 여러 사람한테서 그런 제안을 받았었다. 자기 인생사만은 너무나 기구해서 소설로 써 놓으면 반드시 대 베스트셀러가 될 것이라고 장담하기도 했다. 그래서 처음 몇 번은 호기심에 만나서 그들의 기구한 인생사를 들어보기도 했다. 그런데 그들의 얘기를 들어보면 대부분이 TV 연속극 같은 얘기였고 그보다 더 하찮은 얘기도 많았다. 그래서 나중에는 그런 제안이 들어오면 얼른 바빠서 그런 얘기를 듣고 앉아 있을 시간이 없다며 황급히 발을 빼곤 했다.

"저기요……"

그런데 이 여자는 내 애독자라고 해서 섣불리 발을 빼고 내뺄 수가 없었다. 그래서 마음이 상하지 않도록 좋게 말했다.

"정말 죄송합니다. 내 책의 애독자시라니 어지간하면 한 번 얘기라도 들어봐 주고 싶은데, 제가 요즘 이런저런 일로 너무 바빠요. 그래서 시간을 낼 수가 없어요. 정말 죄송합니다. 나보다 더 훌륭한 작가들도 많으니까 다른 작가를 찾아서 의논을 한번 해 보시는 게 어떨까요?"

"선생님, 저는요!"

순간 여자가 갑자기 불쾌하다는 듯 목소리를 높이면서 오기를 부리듯 말했다.

"저는요, 남편을 10억에 팔아먹은 여자에요. 남편을 10억에 팔아먹은 여자의 얘기라면 책으로 써도 괜찮지 않을까요?"

"지금 뭐라고 하셨습니까?"

여자가 남편을 10억에 팔아먹었다는 말에, 나는 번쩍 정신이 났다. 그래서 확인하듯 되물었다.

"지금 남편을 10억에 팔아먹었다고 했습니까?"

"예! 제가 바로 남편을 10억에 팔아먹은 여자에요. 그래도 제 얘기를 들어보고 싶지 않으세요?"

아주 특별한 카페

여자가 말없이 나를 바라보고 있었다.

나도 말없이 여자를 바라보고 있었다.

이윽고 여자가 먼저 조심스레 말했다.

"제 이름은 진유미라고 해요. 선생님이 저보다 많이 연상이라 마음이 편하네요. 그냥 여동생쯤으로 생각하시고 말을 낮추세요."

"명색이 작가와 애독자 사이인데 그건 좀 무리인 것 같아요. 이름을 말하기는 좀 그렇고 진 여사님으로 불러도 괜찮겠는지요?"

"괜찮아요. 선생님 편하신 대로 하세요. 그런 것은 선생님이 하시고 싶은 대로 하세요."

"그럼 그렇게 하겠습니다."

나는 그러면서 진 여사를 새삼 바라보았다.

진 여사가 전화를 했던 날, 나는 발을 빼려다가 남편을 10억에 팔아먹었다는 말에 번쩍 정신이 들었다. 뭔가 폭탄 같은 얘기가 그 속에 들어있을 것 같은 느낌이 왔다. 한마디로 대박예감 같은 것이었다. 그래서 진 여사가 던진 미끼를 한번 주저하지도 않고 덥석 물었다.

"많이 바쁘지만 시간을 한번 내보도록 하겠습니다."

"고마워요."

내가 미끼를 덥석 물자 진 여사는 여유를 가지고 말했다.

"그럼, 언제쯤 만나 주실 수 있겠어요?"

"그건…·장소와 약속시간은 그쪽에서 모두 정하세요. 그러면 제가 따르겠습니다."

나는 완전히 저 자세가 되어 진 여사가 하자는 대로 할 작정을 하고 있었다. 그만큼 남편을 10억에 팔아먹었다는 말이 내게 큰 충격으로 다가와 있었던 것이다.

내가 그렇게 저자세로 나가자, 진 여사는 여유만만하게, 큰 고기를 낚은 어부 같은 넉넉한 태도로 약속 장소와 날짜와 시간을 잡아서 일방적으로 나한테 통보했다.

장소는 강남에 있는 M카페였는데, 약속한 날짜에 가보니까 예약 손님만 받는, 일테면 고급 손님만 받는 특별한 카페였다.

"몇 시에 누구를 만나러 오셨습니까?"

단정한 옷차림의 안내원이 아주 정중하게 나를 맞이했다.

나는 진 여사가 시킨 대로 진이라는 사람을 만나러 왔다고 말했다. 그랬더니 그가 나를 안으로 안내했다.

나는 안내원을 따라가며 카페 안을 살펴보았는데, 얼핏 무슨 밀실 같은 느낌이 들 정도로 칸막이가 되어 있었다. 그래서 그 안에 어떤 사람이 와 있는지 도무지 알 수 없었다.

잠시 후, 안쪽으로 들어간 안내원이 칸막이 문을 열고 들어가라고 했다.

나는 사뭇 얼떨떨한 마음으로 칸막이 안으로 들어갔다. 그리고 칸막이 안을 한번 휘둘러보았다.

칸막이 안은 세평은 될 듯싶은 공간이었는데 가운데 탁자가 놓여 있고 탁자들 사이로 의자가 두 개씩 놓여 있었다. 그리고 맞은편에 TV와 어항도 놓여 있고, 마치 무슨 공주방같이 꾸며져 있었다. 나로선 대부분 처음 보는 것 같은 고급 제품들이라 무어라 설명할 수조차 없는, 한 마디로 깨끗하고 아름답게 꾸며져 있는 처음 보는 칸막이 안 카페 풍경이었다.

"잠시만 기다리세요."

안내원은 시골아이가 서울에 와서 어리벙벙해 있는 것 같은 내 모습을 아무렇지도 않게 바라보며 칸막이 문을 닫아주었다.

나는 잠시 동안 무엇에 홀려온 것 같기도 한 야릇한 심경에 사로잡혀서 새삼 진 여사가 남편을 어떻게 어떤 방법으로 10억이란 거금을 받고 팔았을까 하는 생각을 하고 있었다.

'대동강 물을 팔아먹은 봉이 김 선달보다 더 머리가 좋은 여자 같기도 한데….'

하지만 아무리 요모조모로 머리를 굴려 봐도 진 여사가 남편을 10억에 팔아먹은 사연은 도무지 상상도 안 되고 도대체 조그마한 감도 잡히지 않았다.

"실례해요."

얼마나 지났는지 모른다. 내가 그렇게 끙끙대며 작가적인 머리로 추리에 추리를 거듭하고 있을 때 귀에 익은 진 여사의 목소리가 날아왔다.

순간, 나는 무슨 나쁜 짓을 몰래하다가 들킨 사람처럼 화들짝 놀라며 문 쪽을 바라보았다.

어느새 칸막이 안으로 들어선 진 여사가 나를 딱 바라보고 있었다.

진 여사의 키는 보통이었고 얼굴은 갸름한 미인 형이었다. 몸매도 날씬한 편이었다. 하얀 투피스를 입고 있었는데 마치 금방이라도 훨훨 날아가 버릴 것 같은 한 마리 백조를 바라보는 듯한 느낌이었다. 전화상으로 짐작한 나이는 오십대 초반은 될 것 같았는데 화장을 진하게 해서 그런지 실제는 사십대 중반으로 밖에 보이지 않았다.

어쨌든 진 여사와의 첫 만남과 느낌은 그랬고, 우리는 인사말을 주고받은 뒤에 탁자를 사이로 마주보며 앉게 되었다. 그러자 곧 바로 아까의 그 안내원이 커피 두 잔을 가지고 와서 진 여사와 내 앞에 각각 놓아주고는 나갔다.

그리고 잠시 후, 본론에 들어간 것이다.

"최 선생님…."

진 여사가 먼저 입을 열었다.

"지난번에 제가 전화로 말씀 드렸던 대로 제 얘기를 소설로 써서 얼마가 팔리든지 거기에 대해선 저는 전혀 관여하지 않겠어요. 그러니까 최 선생님은 제 얘기를 듣고 재미있고 뜻깊은 소설로 쓰기만 하면 되겠어요. 소설이 베스트셀러가 되고 안 되는 건 모두 최 선생님의 손에 달려 있는 거예요."

"무슨 말씀인지 잘 알겠습니다. 그런데 왜 진 여사의 기구한 삶을 소설로 써야 된다고 생각하세요?"

"그건 제 얘기를 듣다가 보면 저절로 알게 될 거에요."

"잘 알겠습니다. 그럼 진 여사님이 남편을 어떻게 10억에 팔게 되셨는지 먼저 그 얘기 보따리부터 풀어보시죠?"

"어머머! 최 선생님은 보기보다 성격이 급하시네요. 그 얘기하자면 앞 얘기를 한참 해야 돼요. 앞 얘기가 있어야만 뒷얘기가 있는 것 아니겠어요."

"하긴 그렇군요. 그럼 앞 얘기부터 시작을 해보세요."

"준비는 다 되신 거예요?"

"예, 원래 작가는 녹음기 같은 존재라 한번 얘기를 들으면 잘 잊어먹지 않습니다. 그래도 혹시 몰라서 녹음기를 준비해 왔습니다."

나는 미리 준비해간 녹음기를 탁자에 놓았다. 그러자 진 여사는 녹음기와 나를 번갈아 보다가 뭔지 알 수 없는 야릇한 미소를 짓고는 얘기를 시작했다.

"선생님, 선생님이 보시기엔 지금 제 모습이 어떤 모습으로 보이세요?"

"어떤 모습으로 보이다뇨?"

나는 진 여사가 한 질문이 잘 이해가 되지 않아서 의아해하며 반문했다. 그러자 진 여사가 또 그 야릇한 알 수 없는 미소를 짓고는 말했다.

"일테면 제가 남편을 10억에 팔아먹을 여자로 보이느냐고요?"

"아, 예……"

나는 진 여사가 질문한 요지를 이해하고는 고개를 끄덕이고 말했다.

"어떻게 받아드리실 지는 모르겠습니다만 제가 보기로는 진 여사님이 남편을 팔아먹을 그런 여자로는 보이지가 않네요."

"그렇죠. 잘 보셨어요. 지금 현재의 제 모습을 보면 앞 뒤 양면에 부티가 철철 흘러넘치는 여자로 보이잖아요. 요즘 흔히 말하는 졸부녀로 보이잖아요."

"졸부녀라기보다는 부티가 있어 보이는……"

"제가 요즘의 졸부녀예요, 재산도 100억이 좀 넘어요. 그러니까 부자죠. 그런데 옛날엔 안 그랬어요."

"옛날엔 어땠는데요?"

"제가 말이에요…"

진 여사는 정말 말하기 곤란하다는 듯 잠시 눈을 감고 스스로를 진정하려고 애쓰는 듯이 보였다. 그러다가 이윽고 뭔가를 결심한 듯 눈을 뜨고는 약간 독한 표정을 짓고 말했다.

"아무리 말하기 싫어도 말해야만 얘기가 진행되기 때문에 말하는데요. 사실 저희 부모님은 부산사람이에요. 자세히는 저도 잘 모르지만 옛날에 할머니가 지나가는 말로 하신 말씀을 기억해보면 제가 다섯 살 때였대요. 저희 부모님이 부산에서 옷 장사를 하셨다고 해요. 그랬는데 누군가에게 사기를 당하고 어쩌고 해서 야밤에 도주하지 않으면 안 될 형편이 됐대요. 그러니까 여기저기서 돈을 많이 빌려다가 쓰신 것 같았어요.

어쨌든 그렇게 야반도주를 해서 도착한 곳이 서울 봉천동 어디였대요. 기거할 곳이 없어서 산비탈 어디에다가 천막을 치고는 서울살이를 시작했대요. 저는 그때 다섯 살이어서 조금은 기억하고 있어요. 천막 안에 가마니를 깔아놓고 살았어요. 한 마디로 거지같이 살았지요."

진 여사가 거기까지 말하고는 뭔가 감정이 복받쳐 오르는지 물을 벌컥벌컥 소리 나게 마셨다. 그리고 좀 진정이 되는지 잠시 호흡을 가다듬고는 다시 말하기 시작했다.

"아버지와 어머니는 나를 그 천막 속에 놓아두고 밖에 나가지 말라고 신신당부하고는 시장으로 돈을 벌려고 나갔어요. 나는 그때 천막 안에서 무서워서 울기도 많이 울었어요. 하지만 조금 지나서는 배짱도 생기고 간도 커져서 저만큼 아래에 있는 마을 어린이놀이터에 가서 놀다 오기도 했어요. 그렇게 서울사람이 된 거죠. 그때 저희 어머니와 아버지는 시장의 한 귀퉁이에 가까스로 자리를 잡아서는 생선장수를 했대요.

어쨌든 그렇게, 그렇게 눈물고개를 몇 개 넘어서 가까스로 월세 방을 얻어서 거지꼴은 면하고 살았어요. 하지만 주인한테 집 없는 설움은 많이 받았어요. 화장실도 마음대로 못 갈 만큼 극성스런 주인을 만나기도 했었어요. 최 선생님, 제 얘기가 너무 재미없죠?"

진 여사가 열심히 얘기하다가 갑자기 나를 딱 바라보며 엉뚱한 질문을 했다.

"아, 아닙니다."

나는 두 손을 내저으며 말했다.

"재미있어요. 계속해보세요."

"정말 재미있어요?"

"정말입니다. 정말 재미있어요. 그러니까 상관 마시고 계속 하세요."

남편을 10억에 팔아먹은 과정을 얘기 듣자면 모든 것을 들어주어야 할 내 입장이었다. 그래서 그냥 계속 얘기를 하라고 독촉했다.

"하여간 말이죠."

진 여사가 다시 얘기를 시작했다.

"그런 처참한 환경 속에서도 저는 초등학교에 들어가서 공부를 했어요. 옛날엔 국민학교라고 했죠. 그런 악조건 속에서도 우리 부모님은 동생을 둘이나 더 낳았어요. 대단한 분들 같아요.

초등학교 고학년이 되어서는 동생들을 돌보느라 학교를 절반이나 못 갔어요. 그래도 졸업을 했고 졸업장도 받았어요.

요즘 같으면 초등학교 졸업해봐야 밥도 제대로 못하죠. 밥이 뭐예요. 만날 자기 소지품도 제대로 못 챙겨서 부모가 챙겨주기 바쁘죠. 하지만 시대가 시대인지라 저는 그때 초등학교 졸업하기 바쁘게 일선으로 나갔어요. 편물 집, 중소기업 공장, 인형 만드는 공장, 가발 만드는 공장, 다방, 룸살롱, 미제장사 등 여기저기 돈을 많이 준다는 곳을 찾아 헤매며 열심히 돈을 벌었어요. 그러면서 어떻게 굴러서, 굴러서 동대문 시장 옷 파는 점원까지도 해봤어요. 그런 내 머릿속엔 오직 우리 집을 하나 사야 된다는 것이었어요. 집 없는 설움을 너무 많이 받아서 어떻게든지 집을 하나 사야 된다는 일념에 사로잡혀서 악착같이 돈을 모아 저축했어요."

"그래서 집을 하나 샀습니까?"

진 여사가 너무 힘들어 보여서 이번에는 내가 질문을 던졌다. 그러자 진 여사가 고개를 크게 끄덕이고 힘주어 말했다.

"예, 집을 샀어요. 내가 그동안 모아둔 돈을 다 털어서 아담한 일층 단독주택을 하나 아버지의 이름으로 샀어요. 그때는 오직 우리 집이 필요해서, 꼭 필요해서 앞뒤 생각 안하고 아버지의 이름으로 집을 샀어요. 근데 뒤에 가서 그것이 큰 문제가 될 줄은 꿈에도 몰랐어요.

어쨌든 우리 집을 사고 우리 집에서 살아보니까 너무 편안하고 행복했어요, 그런데 그때 나를 돌아보니까 꽉 찬 서른이었어요. 그러니까 부모님이 집도 장만하고 했으니까 이제 시집을 가라는 거예요. 서른도 많은데 더 늙으면 결혼은 못한다고 불안감을 부채질 했어요. 그래서 저도 마침내 결혼을 해야 되겠구나 하는 생각을 했어요. 그런데 여기서부터 일은 잘못되기 시작했어요."

난쟁이 형님

나는 의아해하며 진 여사에게 질문했다.

"여기서부터 일이 잘못되기 시작했다니요? 결혼하겠다고 한 일에 뭐가 잘못되었다는 것입니까?"

"그게 말이에요."

진 여사는 내 질문을 받아서 얘기를 시작했다.

"솔직히 말해서 저는 그때까지 단 한 번도 남자를 보며 저 사람이 장차 내 남편이 되어 주었으면 좋겠다는 생각을 해 보지 않았어요. 오직 돈을 버는 일에만 전념했을 뿐이었어요. 그랬으니 저한텐 당연히 남자가 없을 것 아녜요. 결혼을 하려면 남자가 있어야 되는데 남자가 없다면 어떻게 해야 되겠어요?"

"그야 남자를 찾아야죠."

"맞습니다. 남자를 찾아야죠. 그러자면 자연히 나를 광고하면서 남자를 찾아야 될 것 아녜요. 쉽게 말하면 중매쟁이를 통해야 가능한 일이죠. 그러다 보니까 우리 부모님이 시장에서 우리 집을 사 준 큰 딸이 서른인데 결혼을 하겠다고 한다. 그러니 좋은 신랑감이 있으면 하나 소개하세요. 얼씨구나, 좋다하고 시장 바닥에 짝 하니 소문을 퍼뜨린 것이에요. 그러니까 여기저기서 선을 보겠다는 사람이 나타나기 시작한 한 거죠. 부모님에게 집을 사 줄 정도로 야물딱진 처녀다. 그렇게 제법 그럴싸하게 착한 가부장 딸로 소문은 퍼져 나갔는데 나이가 서른이라니, 제대로 된 총각이 걸려들겠어요. 걸려든다고 걸려든 것이 42세로 상처한, 아이가 둘이나 딸린 남자가 걸려든 거예요. 비록 꽉 찬 서른이라도 명색이 처녀인데 어떻게 상처한 남자와 결혼을 할 수 있겠어요. 그래서 부모님이 그 말씀을 꺼내시기에 한마디로 딱 잘라서 싫다고 거절을 했죠. 그런데 부모님들이 자꾸만 나를 흔드는 거예요."

"너는 처녀고 그 사람은 결혼했던 사람이고 전처 자식까지 둘씩이나 있으니까 백번 천 번 생각해봐도 이건 무조건 네가 손해 보는 장사다. 명색이 처녀인데 상처자리라니 그게 도대체 말이나 되냐, 그런데 차성태라는 그 사람은 종업원을 다섯씩이나 데리고 일하는 횟집 사장님이라지 않느냐. 어릴 적부터 횟집을 전전하며 배운 회요리집 전문가래요. 내가 봤을 때 그 횟집이 50평은 족히 되어 보이든 데 그게 세 들어 있는 것이 아니고 자기건물이래요. 3층 건물이 자기 건물이라면 부자잖아. 게다가 살림집은 아파트래, 그것도 32평이라나, 40평이라나, 한 마디로 말하면 봉이지. 만일 네가 독한 맘 딱 먹고 그 남자와 결혼을 하게 되면 너는 그냥 봉 잡는 것이야. 그러니까 이런저런 복잡한 생각하지 말고 두 눈 딱 감고 한번 만나봐. 세상은 돈이다. 너도 세상을 살만큼 살아봤잖아. 뭐니 뭐니 해도 세상은 돈이야. 돈 없으면 그냥 고생하는 길뿐이야. 이런 좋은 자리가 너한테 뚝 떨어진 것은 하늘 복이 뚝 떨어진 것이야. 그러니까 일단 한번 만나나봐. 만나보다가 나면 정이 드는 게 사람 관계야."

"어쩌고, 저쩌고 자꾸 구슬러 대는데 나도 차츰 흔들려서 그 말이 맞다 싶어지더라고요. 그래서 그래, 나도 뭐 내놓을 것 있냐. 처녀라는 것 빼놓으면 뭐 하나 내세울게 있냐고. 초등학교 달랑 나와서 세상에 뛰어 들어 이리 구르고 저리 구르고, 말이 처녀지, 호적에 처녀라고 되어 있어서 처녀지 내가 그렇게 흠집 없는 처녀인가. 산전수전 다 겪은 노처녀가 아닌가. 그렇게 내 입장을 냉정하게 정리해보니까 오히려 고집을 부렸던 내 스스로가 부끄럽더라고요. 그래서 차성태 사장이라는 그분을 만나기로 결심을 했어요. 내가 결심을 통보하자 부자 사위를 보게 된 부모님은 펄쩍펄쩍 뛸 듯이 좋아하더라고요. 하여간 일이 그렇게 되어서 그 남자를 그가 경영하는 그 자랑스러운 횟집에 가서 만났지요."

"그래서 만나서 일이 잘 되었습니까?"

진 여사가 거기서 뜸을 드리기에 내가 궁금하여 물었다. 그랬더니 진 여사가 한숨을 푸욱 쉬고는 말했다.

"그게 말이에요. 내가 우리 부모님과 그 횟집 구석자리에 가서 앉아 있는데, 문제의 그 차성태라는 분이 중매쟁이를 데리고 나타났어요."

"오셨습니까?"

"중매쟁이가 인사를 했고, 중매쟁이 옆에 차성태가 서 있었는데 얼굴은 호박 같은 것이 키는 또 얼마나 짜리몽땅한지 난쟁이가 보면 대번에 형님 하겠더라고요. 그런 사람이 그래도 우리를 향해 공손히 절하며 인사했어요."

"차성태라고 합니다. 잘 좀 봐주세요."

"우리 딸 이름은 들었을 테고 앉아요."

"말씀 낮추세요."

"어쩌고, 저쩌고 제법 화기애애하게 분위기가 물어 익었죠. 본인이 직접 칼질해 만들었다는 회와 점심을 대접하며 소주잔까지 오가다가 보니까 완전히 사위 장인 장모 사이가 되어가더라고요."

'그래, 이쯤에서 나도 마음을 굳히자.'

"나도 그 분위기에 녹아들어서 그 키 작은 차성태를 신랑으로 맞이할 마음의 준비를 하게 되었지요. 그랬는데, 헤어질 때 한 며칠 생각해보고 연락을 주겠다고 약간 여유를 부리며 말했는데, 이게 그만 큰 화근이 돼버렸어요."

백마 타고 나타난 왕자

나는 도무지 이해가 되지 않아서 고개를 갸웃거리다가 진 여사에게 따지듯 물었다.

"한 며칠 생각해보고 연락을 주겠다고 한 것이 뭐가 화근이 됐다는 겁니까?"

"그게 말이에요."

진 여사는 또 그 알 수 없는 야릇한 미소를 짓고는 말했다.

"정말 인생사란 알 수가 없나 봐요. 당연히 며칠 생각하고 연락하겠다고 해야 되고 그것이 통상관례잖아요. 좋다고 그 자리에서 바로 오케이를 하면 너무 싱겁고 신중함도 없어 보이고 그렇잖아요. 그래서 그렇게 말했던 것인데 그 다음날 뜬금없이 다른 타자가 등장한 거예요."

"포목점 하는 정 여사가 남동생이 31살이라고 한번 만나보자고 하는데 어떻게 할래? 만나볼래, 말래?"

엄마가 그렇게 말했을 때 그냥 '싫어', 그렇게 한 마디로 거절했으면 됐을 텐데 기대감보다 어떤 사람일까 하는 궁금함 때문에 지나가는 말처럼 물어봤어요.

"뭐하는 사람인데요?"

"작가래, 작가"

"작가라뇨?"

"작가도 몰라. 글을 쓰는 사람. 소설작가라더라."

"어머, 그래요?"

작가라는 말에 약간 매력이 느껴졌어요. 나 자신이 글을 잘 못쓰다가 보니까 작가라면 그냥 존경이 되는 거예요. 그래서 한번 만나볼까 하는 생각을 하는데 엄마가 미리 바람을 잡더라고요.

"신춘문예인가 뭐에서 일등으로 당선되어 상까지 받은 인정받은 작가라긴 하는데 그 뒤에 쓴 소설들이 신통치가 않아서 잘 안 팔리는 바람에 지지리 가난뱅이래. 게다가 60이 훨씬 넘은 홀어머니까지 있대나 어떻대나. 31살이라는 나이 하나 말고는 탐나는 게 하나도 없는 총각이야. 그러니 만나볼 것도 없을 것 같아."

"아니야, 엄마!"

"그 순간, 나는 31살 총각이라는 말에 눈이 뒤집혀버렸어요. 그래서 나도 모르게 총각편이 되어 있었어요."

"젊은 사람에게 가난이야 흠이 아니지. 돈이야 벌면 되잖아요. 문제는 사람이지 사람만 반반하다면 그까짓 돈이야 문제 삼을 이유가 없지요."

"그래서 한 번 만나보겠다 이거야?"

엄마가 걱정되는 눈빛으로 나를 떠보듯이 물었어요. 그런데 그때 나는 이미 그 서른한 살 총각한테 나도 모르게 푹 빠져 있었어요.

"당연히 만나 봐야지요. 그분한테도 기회를 줘야죠. 홀어머니가 있다지만 상처한 남자에 비교하면 31살 노총각은 다이아몬드죠. 게다가 세상이 공인한 소설가라잖아요. 아직 저쪽과 딱 결혼하기로 결정한 것도 아니니까 한번 만나보도록 해요."

지금 생각해보면 그때 만나지 말았어야 했는데, 내가 무엇에 홀렸는지 미쳤는지 그 사람을 만나기로 한 거예요. 그분의 이름은 윤창훈, 이름도 너무 좋다 싶은, 만나기도 전에 내 마음에 딱 들어와 버린 남자였어요.

"그래, 그러면 나중에 후해나 없게 한번 만나 보려무나."

엄마가 어쩔 수 없다는 듯 달갑지 않은 태도로 허락했고, 아버지는 눈을 흘겨가며 엄마를 나무랐습니다.

"얘기를 꺼내지도 마라니까 괜히 꺼내가지고 애 가슴에 똥바람만 잔뜩 집어넣었잖아. 당신은 그 가벼운 입이 문제야. 문제!"

"그런 말 마세요. 유미라고 뭐 꼭 상처한 남자에게 시집가라는 법이 있어요. 유미도 저 또래 신랑과 만나 결혼할 자격이 있다고요!"

짧았지만 그렇게 부부 싸움까지 하는 험한 고비를 넘겨서 나는 결국 문제의 남자 윤창훈 총각을 만나는 행운을 거머쥐게 되었어요. 나보다 한 살이 많은 신랑감을 만날 것이라고는 꿈에도 생각해보지 못했던 일이 내 앞에 현실이 되어 다가온 거예요. 솔직히 말해서 엄마는 네가 애까지 딸린 상처한 남자와 결혼하는 걸 마땅찮아했어요.

"돈이야 좀 있다지만 그까짓 돈이야 있다가도 없어지고 없다가도 벌면 돈인데, 돈에 눈이 멀었어야 되겠니? 부모를 잘못 만나서 어릴 때부터, 피도 겨우 말랐을까 할 때부터 돈 벌러 나가서 이날 이때까지 세상 바닥을 구르고 또 굴러온 너를 생각하면 내 가슴이 너무 아프다."

엄마는 끼억끼억 울기까지 하면서 넋두리하듯 끔찍이 내 생각을 하는 거예요.

"나도 우리 유미 여봐란 듯이 저 또래 남자를 만나 결혼하는 것 봤으면 한이 없겠어. 뭐가 못나서 신품이 재고품과 결혼을 하느냐 말이야."

"어쩌고, 저쩌고 하시는 말씀이 결국 윤창훈 쪽으로 운전대를 확 꺾어가는 형국이더라고요. 그래도 나는 윤창훈과 꼭 결혼해야 되겠다는 생각은 않고 그냥 재미삼아 한 번 만나본다는 그런 가벼운 마음으로 윤창훈 씨를 만나기로 했던 거예요.

어쨌든 운명의 날은 왔고, 나는 엄마만 모시고 까치다방이라는 다방으로 가서 문제의 윤창훈 씨 모자를 만나게 되었어요. 그런데 이게 글쎄 무슨 운명의 조화속인지 윤창훈이라는 분이 먼저 와서 우리를 기다리고 있다가 우리가 들어가자 일어서서 우리를 향해 넙죽 절하며 인사를 하는데, 얼마나 미남이고 멋이 있게 생겼던지 하마터면 제가 그 자리에서 졸도 할 뻔했어요.

'세상에 어떻게 저렇게 주연배우같이 잘생기고 키도 보통에 몸집도 제비처럼 날렵해 보이는 저 다이아몬드가 어떻게 나 같은 재고품을 만나러 나왔단 말인가? 이게 진정 꿈이 아니고 생시란 말인가?'

짧은 순간에 오만가지 생각이 내 머리를 스치고 지나갔어요. 그런데 정말 거짓말같이 윤창훈 씨를 만난 것이 꿈이 아닌 현실이었어요. 내 앞에 정말 희한한 꿈같은 현실이 펼쳐져 있는 거예요.

"윤창훈이라고 합니다."

윤창훈 씨가 먼저 인사를 했는데, 그 목소리도 얼마나 믿음직스런 목소리든지 나는 그냥 완전히 녹아버렸어요. 윤창훈 씨 앞에서 내 모습은 완전히 녹아서 자취조차 없는 얄궂은 꼴이 되고 말았어요.

'아아, 어떻게 나한테 이런 행운이 찾아 왔을까?'

나는 속으로 감탄하며 부르짖었어요. 어릴 적에 동화 속에 나타나 공주를 구하러 달려오던 백마를 탄 그 멋있는 왕자가 정말 거짓말같이 나를 구하려고 내 앞에 나타나 있었던 거예요.

'나는 이분이 원한다면 무조건 결혼할거야!'

나는 속으로 결심했어요. 그렇게 한 순간에 윤창훈이라는 남자에게 빠져버렸어요. 그래서 장차 시어머니가 될 그분의 어머니도 자세히 살펴보지 않았어요. 자세히 살폈어야 되는데, 그러지 못한 것이 또 뒤에 가서 두고두고 후회가 되었어요.

어쨌든 내가 그렇게 그분한테 푹 빠져 버리는 바람에 회요리집 전문가 차성태 사장은 내 뇌리에서 순식간에 흔적도 없이 사라져버렸어요.

"둘이가 서로 괜찮아 보이든 데 우리는 빠질 테니까 데이트나 한번 해보려므나. 싫으냐?"

"아니에요!"

부끄럽게도 내가 먼저 나서서 말했어요.

"어르신들이 원하시는 대로 우리 끼리 데이트 한번 해볼게요."

첫 데이트

나는 진 여사가 얘기를 너무 재미있게 하는 바람에 그 얘기에 취해서 남편을 10억에 팔아먹었다는 중요한 본론조차 까먹고 마치 연속극에 빠진 사람처럼 다음에 전개될 얘기만 기다리며 재촉하고 있었다.

"그래서 그 다음엔 어떻게 되었습니까?"

"그 다음 사항이야 뻔하지 않겠어요?"

진 여사는 그 당시의 즐거웠던 일들을 회상하며 마치 지금 데이트를 나가는 숙녀 같은 표정으로 말했다.

"윤창훈 씨는 정말 순수했어요. 31살인데도. 마치 사춘기소년 같은 모습이었어요. 나는 버스를 타고 서울 시내를 향해 가면서도 내내 꿈을 꾸고 있는 기분이었어요. 전혀 상상도 안했던, 나한테 그런 남자가 오리라고는 꿈에도 기대를 하지 않았는데, 정말 거짓말 같은 현실이 내 앞에 다가온 거예요. 그랬으니 내 기분이 어땠겠어요. 완전히 열아홉 소녀가 된 것 같은 착각에 빠져서 데이트를 하는데 너무나 즐겁고 행복했어요. 꿈이라면 영원히 깨고 싶지 않는 정말 행복한 순간이었어요."

진 여사가 거기까지 얘기하다가 갑자기 입을 꾹 다물고 행복한 생각에 잠기는지 또 뜸을 들였다.

"계속하세요. 또 무슨 생각하시는 거예요?"

나는 할머니에게 전래 동화를 들으면서 할머니가 호흡을 가다듬고 있을 때 빨리 얘기하라고 재촉하는 어린애같이 그렇게 진 여사를 재촉했다. 그러자 진 여사가 웃으며 쓸쓸하게 말했다.

"아무리 내가 실감나게 얘기한다 해도 그날 그때의 내 행복했던 감정은 십분의 일도 얘기 못할 거예요. 하여간 그렇게 내 눈에 콩깍지가 딱 붙어서 앞뒤 아무것도 보이지 않고, 내 눈엔 오직 윤창훈 씨만 보였어요."

"어디로 가실까요?"

어쨌든 그렇게 버스를 타고 서울시내로 나갔는데, 회현동에 가서야 윤창훈 씨가 걸음을 멈추고 처음으로 나한테 질문했어요. 그래서 내가 환한 미소를 짓고 윤창훈을 딱 바라보며 되물었어요.

"어디로 가고 싶으세요?"

“저는 남산에나 올라갔으면 합니다만……”
“좋아요. 그럼 남산으로 가요.”
나는 선뜻 그의 뜻에 따랐어요. 나는 어떻게든지 윤창훈 씨와 잘 되어서 그와 결혼을 하고 싶었어요. 그런데 윤창훈 씨는 그렇게 밝은 표정이 아니었어요. 뭔가 걱정을 잔뜩 짊어진 듯한 표정이었어요.
“우리 여기 좀 앉을까요?”
남산 중턱에 올라 벤치가 나타나자, 윤창훈 씨는 걸음을 멈추고 나를 바라보며 물었어요. 그래서 나는 고개를 끄덕이며 그러자고 했어요.
잠시 후, 윤창훈 씨와 나는 서울 시가지가 한눈에 보이는 벤치에 마치 연인처럼 나란히 앉았어요.
“저어, 유미 씨.”
윤창훈 씨는 담배를 꺼내 피워 물고 두어 모금 연기를 내뿜은 뒤, 나를 바라보며 무거운 입을 열었어요.
“솔직히 말씀 드리면 제가 지금 유미 씨와 이렇게 데이트를 할 만큼 여유 있는 사람은 아닙니다. 누님을 통해 얘기를 들으셨는지는 모르겠습니다만 대학에서 문학을 전공하고 나와서 신춘문예 단편소설 부문에 당선이 되기는 했지만, 그 뒤 두어 편 쓴 소설이 초판도 다 안 팔리는 된서리를 맞았어요. 한마디로 요약하면 결혼은 경제적인 여건이 되어야 되는데, 저는 전혀 그렇지 못합니다. 그래서 누님이 유미 씨를 한 번 만나보라고 했을 때도 거절하며 망설였던 것입니다. 제 형편이 그런데도 저와 결혼을 할 수 있겠어요?"

지금 생각하면 여기서 내가 한번 신중하게 재고했어야 했어요. 그런데 내 눈에 콩깍지가 딱 붙어서 생각 따위를 못하게 했어요.

"창훈 씨의 사정은 엄마를 통해 대강 들었어요. 하지만 남자가 꼭 모든 것을 책임져야 할 일은 아니잖아요. 서로 사랑한다면 삶은 의논해서 살아가면 되는 일이잖아요."

"말씀은 옳아요. 유미 씨의 말씀처럼 그렇게 사랑하는 사람끼리 서로 의논하고, 서로 도우며 살아가는 것이 어쩌면 가장 아름다운 모습일 겁니다. 그런데 문제는 제가 언제 쯤 어떻게 성공할 수 있을 것이라는 확신을 줄 수 없다는 겁니다."

"무슨 말씀이세요?"

"소설이라는 것이 베스트셀러가 되어야 밥벌이가 되는데, 그 베스트셀러가 언제 될지 모른다는 것입니다."

"내일 일을 누가 알겠어요. 내일 일을 아무도 모르니까 내일은 좋은 일이 있을 것이라는 소망을 가지고 세상을 사는 것이잖아요."

"그렇죠. 그렇습니다. 그 말씀은 백번 옳은 말씀이에요. 그런데요. 제가 장편소설을 두어 편 써 보고 느낀 것인데요. 아무래도 좋은 소설을 쓰려면 인생 경험을 많이 한 뒷날에 써야 좀 읽을 만한 책이 나올 수 있을 것 같다는 느낌이 드는 겁니다."

"그러면 그렇게 인생 경험을 많이 하신 뒤에 좋은 글을 쓰시면 되잖아요."

"그런데 문제는 그때까지 누가 가정을 꾸려가느냐, 이겁니다. 돈이 없으면 하루도 살 수 없는 자본주의 국가에서 어떻게 살아가느냐 이거에요."

"제가 솔직히 말씀을 드리죠."

나는 그때 윤창훈 씨가 자기의 입장을 둥글게 굴리며 말하고 있는 것을 느끼고는 성질 급하게 내 감정을 그대로 노출시켰어요.

"저는 창훈 씨 사정 다 알고 나왔어요. 만일 창훈 씨가 진정 제가 좋아서 저와 결혼해 준다면 저는 창훈 씨가 성공할 때까지 뒷바라지를 하겠어요. 정말 사랑한다면 그래야만 되는 거잖아요."

"정말 그래 주실 수 있겠어요?"

윤창훈 씨가 사뭇 감격한 표정으로 확인하듯 나한테 질문했어요. 그래서 난 잠시 생각하지도 않고 대답했어요.

"물론이죠. 창훈 씨가 글을 쓰는 재주가 있다면 저는 돈을 버는 재주가 있어요. 그러니까 마음만 맞는다면 둘이서 합작해서 살 수 있는 거잖아요. 안 그래요?"

나는 정말로 윤창훈 씨가 좋았어요. 내 맘에 딱 들었어요. 돈을 번다고 잃어버렸던 내 청춘을 다 보상해 줄 수 있는 남자라고 생각했어요. 더 솔직히 말하면 40대 남자가 십대 소녀를 만난 것 같은 그런 감정이었어요. 눈에 넣어도 아프지 않을 것 같은 정말 말로는 표현할 수 없을 정도로 좋았던 거예요.

"아, 유미 씨, 정말 고마워요."

윤창훈 씨는 내 솔직한 태도에 감격한 표정으로 말했어요.

"난 유미 씨를 처음 보는 순간 내 맘에 딱 들었어요. 그런데 내 형편이 워낙 형편인지라 고민했어요. 도망을 가 버릴까 하는 생각도 했어요. 그랬는데 유미 씨가 그렇게 말씀하니까 난 오늘 구세주를 만난 기분이에요. 유미 씨가 지금 저를 살려주고 있는 거예요."

"그러시다면……"

이번엔 내가 감동했어요.

"그러시다면 나하고 결혼해 줄 수 있다는 건가요?"

"물론이죠. 유미 씨는 미인이세요."

"제가 미인?"

"그런 말씀 못 들어보셨어요? 유미 씬 미인이에요. 나한테 과분하다고요."

"과분해요? 제가 과분해요?"

"노총각 노처녀는 그렇게 만나는 첫날에 불이 붙어버렸어요. 아주 무섭게 불길이 치솟았어요. 아무도 그 불길을 잡을 수 없을 정도로 큰 불이 나버렸어요. 그 불길 속에 횟집 차성태 사장은 '활활' 불타서 흔적도 없이 사라져 버렸어요. 진유미 인생에는 오직 윤창훈만이 남아 있었어요. 지금 생각해보면 제가 미쳐버렸던 것이죠."

노처녀 노총각의 뜨거운 사랑

진 여사는 그러고 나서 또 뜸을 들였다. 그래서 내가 또 독촉했다.

"미쳐버렸다는 것은 무슨 뜻이죠."

"생각해봐요. 아무것도 없는 빈털터리 글쟁이, 게다가 늙은 홀어머니까지 달려 있는 사람이 뭐가 좋다고 돈 벌어서 뒷바라지 하며 살겠다는 거예요. 안 미치고는 감히 상상도 못할 일이잖아요."

"사랑하면 그럴 수도 있는 일이잖아요."

"그렇죠. 그래서 그렇게 한 거예요. 그 빈털터리를 누가 낚아챌까봐 겁이 나서 그날 손잡고 그날 밤 헤어질 때 뽀뽀까지 했을 정도로 내가 미쳐버렸던 거예요."

"노처녀 노총각이 사랑의 불이 붙어도 아주 정신없이 붙어버렸군요."

"그렇죠. 정신없이 붙어버렸죠."

"그래서 바로 결혼했나요?"

"곧바로 결혼은 안 했어요."

진 여사는 여기서 한참을 생각하다가 얘기를 계속했다.

"윤창훈 씨는 방 한간 월세 얻어서 어머니와 살고 있었어요. 그런데 그 어머니는 딸이 시장에서 장사를 하다가 보니까 만날 딸네 집에 가서 가사를 돌봐줬어요. 그래서 내가 창훈 씨를 찾아가면 창훈 씨는 항상 글을 쓰고 있다가 나를 아주 반갑게 맞아주었어요. 빵이랑 과자랑 군것질 할 것을 사다주면 얼마나 좋아했는지 몰라요. 그래서 난 매일같이 일이 끝나면 창훈 씨를 찾아갔어요. 노처녀 노총각이 둘이서 방안에 있었으니 얼마나 온도가 올랐겠어요. 그 다음 이야기는 상상에 맡기겠어요.

어쨌든 그렇게 우리 둘이 날마다 깨가 쏟아지고 있는데, 횟집 차성태 사장이 내가 맘에 딱 든다며 매일같이 우리 집에 전화를 했어요. 그리고 어떤 때는 술이 잔뜩 취해 찾아와서 우리 집 식구들을 곤란하게 만들기도 했어요."

진 여사가 여기까지 얘기하다가 또 갑자기 무슨 생각이 났는지 입을 꾹 다물더니 한참 뜸을 들였다.

"오늘은 그만할까요?"

나는 진 여사가 얘기하다가 지쳤나 싶어서 그쯤에서 끝낼 생각을 하며 물었다. 그러자 진 여사가 펄쩍 뛰듯이 말했다.

“아니에요! 아직 끝날 때가 아니에요.”

“그럼 오늘 남편을 10억에 팔아먹은 얘기까지 다 하실 겁니까?”

“그건 모르겠어요. 얘기를 해 봐야죠. 하여간 말이죠. 그때 내가 오지랖을 떨었던 것이 생각나서 잠시 화가 나서 쉬었던 거예요.”

“화가 나셨다니요? 오지랖을 떨었다는 것은 또 무슨 얘긴가요?”

“당시 저하고 동대문 시장에서 5년 가까이 함께 일했던 변수정이라는 아주 친한 친구가 하나 있었어요. 그랬는데 수정이도 나와 동갑인 노처녀였어요. 내가 마음 놓고 창훈 씨를 자랑할 곳은 오직 수정이 밖에 없었어요. 그리고 수정이도 나와 창훈 씨 사이가 어떻게 발전하고 있는지 매우 궁금해 하고 있었어요.”

“그래서요?”

“그래서 난 매일 같이 수정이한테 창훈 씨와 만난 사실을 일일이 보고를 했죠.”

“보고를 어떻게 했어요?”

나는 그 부분이 재미가 있어서 캐물었다.

진 여사는 모든 걸 실감나도록 솔직하게 말하기 시작 했다.

내가 아침에 출근하면 수정이가 ‘쪼르르’ 다가와서는 물어보았어요.

"얘, 어제도 창훈씨 만났니?"

"응, 만났어."

"뽀뽀했니?"

"당연하지?"

"뽀뽀만 했니?"

"뽀뽀만 하지 결혼도 안했는데 더 넘어갈 선이 없잖아."

"거짓말? 너 얼굴 표정 보니까 천국까지 갔다 온 것 같은데 뭐?"

"얘가 생사람 잡네. 처녀 총각이 천국을 오락가락하면 그건 큰일 나는 거야."

"곧 결혼할 건데 큰일은 개뿔이 큰일 나니? 탁 털어놔 봐!"

"계집애. 자꾸 그러면 나 아무것도 얘기 안한다."

"알았다. 알았다. 그런 얘기는 안 물을게. 그렇게 깨가 '팍팍' 쏟아지도록 놀다가 헤어질 때는 어떻게 헤어지니?"

"그냥 '난 가요' 그러고 일어서면 창훈 씨는 '벌써 시간이 그렇게 됐어요' 그렇게 한없이 아쉬워하며 대문 앞까지 따라 나와서 살짝 나를 포옹하며 뽀뽀까지 해 주었지. 그러면서 '사랑해요' 하는 말도 잊지 않았지."

"아이 낯간지럽다. 사랑은 무슨 개뿔. 다 늙은 것들이 주착을 뜬 거지."

"시끄러, 계집애야. 질투하지 말고 너도 얼른 하나 붙잡아라."

"난 재수가 옴 붙었는지 도대체 바지 입은 짐승이 아무도 집적거리지도 않아. 오십대라도 집적거리기만 하면 그냥 따라가서 사랑 한번 화끈하게 해보고 싶은데 말야."

"오십대라도 좋다는 말이니?"

"물론이지, 까짓 거 불알 달렸으면 됐지, 이 나이에 나이 따지게 됐어?"

"그럼 40대가 덤벼들면 하늘이겠네."

"하늘이 아니라 우주다, 우주! 동대문 시장 골방에 앉아서 어떻게 사십대를 만나니? 꿈에도 될 일이 아냐."

"수정이가 그렇게 말하는 바람에 그만 나를 괴롭히고 있는 횟집 사장 차성태가 확 생각이 나더라고요. 그래서 그냥 오지랖 넓게 이런 남자가 있는데 어떠냐 했더니, '애 딸린 상처자리는 좀 맘이 내키지 않는다.' 그러는 거예요. 그래서 또 내가 입에 침이 마르도록 회요리 전문가고 3층 건물도 그 사람 것이고 게다가 40평짜리 아파트도 하나 있다더라, 온갖 달콤한 말을 다 동원해서 수정이를 꼬셨죠. 그랬더니 수정이가 못이긴 척하면서 한번 만나 보겠다고 하더라고요. 그래서 나로선 혹 떼는 심정으로 엄마를 통해 수정이를 김성태 사장한테 소개를 시켜줬어요. 그랬더니 그것들이 만나자마자 불이 확 붙

되고 나보다 먼저 결혼을 했어요. 그런데 그 일이 뒤에 내 인생을 망가뜨리는 일이 될 줄은 꿈에도 몰랐죠."

"인생을 망가뜨렸다니요?"

는 의아해하며 질문했다. 그러자 진 여사는 뭔가 차오르 감정을 식히려는 듯 다시 컵에 물을 부어 벌컥벌컥 두어 마시고는 딴소리를 했다.

"계집애 얘기는 어차피 뒤에 가서 또 해야 되니까 이쯤 접고요. 다음 얘기를 해요."

신혼여행과 매미전설

진 여사는 지나간 일을 회상하듯 또 한참 생각에 잠기며 뜸을 들였다. 그러다가 이윽고 다시 얘기를 시작했다.

창훈 씨와 나는 마침내 결혼하기로 합의를 봤어요. 살림을 할 전세방은 창훈 씨가 마련하기로 하고, 난 가재도구를 모두 장만하기로 했어요. 그런데 우리 부모님과 창훈 씨는 바로 결혼하기를 원했지만 난 약혼을 한 뒤에 결혼을 하고 싶었어요. 비록 늦었지만 모든 것을 다 치르고 싶었어요.

그래서 우리 집에서 약혼식을 했어요. 몇 몇 친지와 친구들을 불러놓고 했어요. 그때가 겨울이었어요. 그날 창훈 씨가 노래를 불렀는데 '젖은 손이 애처로워 살며시 잡아본 순간….' 뭐 그런 노래였는데 내 가슴을 콕 찌르는 큰 감동으로 다가왔어요. 그렇게 약혼식을 했는데, 약혼식을 시작할 때부터 눈이 내리기 시작하더니 약혼식이 끝나자 눈이 멈췄어요. 밖에 나가보니까 세상이 온통 새하얀 눈으로 뒤덮여 있었어요. 우리는 모두 나가서 눈 속에서 기념사진을 찍고 또 찍었어요. 정말 행복했어요. 내 평생 그렇게 행복한 날은 지금껏 없었어요. 그런데 누군가 또 내 뒤에서 나를 행복하도록 말을 해줬어요."

"약혼식이나 결혼식을 할 때 눈이 오면 결혼해서 아주 잘 산대요. 이 둘은 천생연분인가 봐. 어떻게 눈이 와도 이렇게 많이 왔을까. 얘들은 행복하게 잘 살려나 봐요."

나는 정말 그분들의 믿음대로 아주 잘 살 줄 믿었어요. 그래서인지 어쨌는지 우리가 약혼한 뒤에 바로 주택투기 바람이 불었는데 우리는 원래 살던 집을 팔아서 50평 이층 단독 집으로 이사를 가게 됐어요. 30평에서 50평 이층단독으로, 정말 꿈같은 일이죠. 그게 이상하게도 처음에 우리 집을 계약했던 분이 계약을 취소하는 바람에 계약금으로 받은 3백만 원이 그냥 우리 손에 들어왔어요. 우리는 조금 동네 뒤쪽으로 들어가서 50평 이층 단독주택을 아주 싸게 흥정을 하게 됐어요. 그래서 돈을 거의 보태지 않고도 50평 이층 단독주택을 사서 이사를 갔던 거예요. 그러자 부모님은 모두 창훈 씨를 좋게 봐줬어요."

"윤 서방이 복이 많나봐. 윤서방과 네가 약혼하자마자 우리 집이 큰 횡재를 했으니 말이다."

그러시면서 우리 아버지와 엄마는 창훈 씨를 복덩이라 여기며 아주 좋아했어요. 처음에 그렇게 창훈 씨를 못마땅하게 생각하셨던 아버지까지도 창훈 씨를 끔찍이 좋아하게 됐어요. 남동생이 둘이 있었는데 그들도 창훈 씨를 모두 좋아했어요.

어쨌든 그렇게 약혼식을 치르고 우리는 이틀이 멀다 하고 데이트를 했어요. 극장에도 가고, 외식도 하고 20대 때 해보지 못했던 데이트를 맘껏 하며 행복한 시간을 보냈어요. 나는 그렇게 행복한 겨울을 보내고 꽃피는 봄이 왔을 때 결혼했어요. 어린이날이 지난 뒤였으니까 5월이었어요. 친구들도 모두 나를 무척 부러워했어요.

재고품 같은 노처녀가 내 또래의 숫총각 신랑을 만난 것도 행운인데 주연 영화배우 저리가랄 정도로 미남을 만났으니 완전한 행운이었죠. 열심히 일해 돈을 모아 부모님께 집을 장만해 주어서 하늘이 내게 복을 내려주었다는 생각까지 들 때도 있었어요.

신혼여행은 제주도로 갔어요, 꽃이 만발한 따듯한 봄에 제주도로 갔으니 얼마나 볼만했겠어요. 마치 제주도가 우리부부를 위해 있는 착각이 들 정도였어요. 날마다 날씨까지 마치 우리 부부를 축복하는 듯 금빛 찬란한 햇살이 멈추지 않고 내내 우리에게 쏟아졌어요.

우리의 하루는 마치 한 시간처럼 느껴지도록 짧았어요. 금방 해가 뜨고 금방 해가 지는 것 같은 느낌이 들 정도였어요.

그만큼 나는 행복에 취해 있었어요.

그런 어느 날, 창훈 씨가 바닷가에서 먼 바다를 하염없이 바라보며 생각에 잠겨있었어요. 그래서 내가 무슨 생각을 하느냐고 물었어요. 그랬더니 창훈 씨가 뜻밖의 말을 했어요."

"옛날 전설이 하나 생각났는데 얘기해 줄까요?"

"무슨 전설인대요?"

"얘기해요, 말아요?"

"얘기해 봐요."

그럼 들어봐요. 옛날에 말입니다. 언제 적인지는 모르지만 옛날에 말입니다. 글을 아주 좋아하는 한 선비가 있었어요. 그 선비가 어떤 여자와 결혼을 했는데, 이 선비는 도대체가 가사를 돌볼 생각은 않고 방에 앉아서 글만 읽는 거예요. 그러자 보다 못한 부인이 나가서 피를 훑어다가 피죽을 끓여서 선비를 먹여 살렸대요.

그런 어느 날 부인이 피를 잔뜩 훑어다가 마당에 늘어놓고 나갔는데 소나기가 쏟아진 겁니다. 그런데 이 선비는 그래도 내다보지 않고 방에 앉아 책만 본 거예요. 부인이 집에 돌아와 물에 젖어 못 쓰게 된 피를 보고는 더 이상 당신하고는 못 살겠다 하고는 그날로 그 선비를 버리고 도망을 쳤대요. 그리고 많은 세월이 흐른 뒤에 이 선비는 과거에 급제하고 승승장구하여 마침내 정승이 된 거예요.

그런데 이 선비를 버리고 도망 간 그 여자는 도망을 가서도 좋은 남자를 만나지 못하여 여전히 피를 훑어다가 피죽을 끓여먹고 살았대요.

그런 어느 날, 그 여자가 논에 가서 피를 훑고 있는데 마침 정승이 행차하는 듯 요란한 나팔소리와 함께 정승을 태운 수레가 나타나고 호위하는 병력이 뒤를 따라가고 있었더래요.

그 부인은 피를 훑은 것은 그만두고 나가서 정승의 행렬을 구경하려 했는데, 그 정승이 바로 옛날에 자기가 피죽을 끓여서 먹였던 첫 남편이었던 것입니다.

그때, 이 여자는 죽을 각오를 하고 행렬 앞에 무릎을 꿇고 앉았어요. 그러자 정승이 내다본 거예요.

여자는 정승을 향해 옛날에 버리고 간 것을 용서하라고 먼저 눈물로 용서를 빌었어요. 그런 뒤에 옛날에 피죽을 끓여서 글공부를 하도록 해준 그때 그 부부의 옛정을 생각하여 부디 거두어 달라고 사정을 했대요. 그러자 그 정승이 그러더래요.

"알았다. 내 어찌 당신의 그 은혜를 잊을 수 있으랴. 내 당신의 소원을 들어줄까 하니 가서 물 한 동이를 가져 오시오."

하더래요. 그래서 그 여자는 얼씨구나 좋다하고 가서 물 한 동이를 가져 온 거예요. 그러자 그 정승이 그 물을 땅에 부으라고 하더래요. 그래서 그 여자가 동이의 물을 길에 부었대요. 그러자 그 정승이 그 여자를 한참 바라보다가 말했대요.

"지금 길에 부은 물을 동이에 도로 담아보시오. 길에 부은 물을 동이에 도로 담기만 하면 내 당신을 정부인으로 삼겠소. 그러지 않으면 나는 당신을 거둘 수가 없소."

했답니다. 길바닥에 부은 물은 무슨 재주로 다시 동이에 담을 수가 있겠어요. 그래서 그 여자가 그 물을 동이에 담아보겠다고 혓바닥으로 그 물을 빨아서 동이에 담다가, 담다가 지쳐서 거기서 죽었대요. 그 한 맺힌 여자가 죽어서 매미가 되었대요. 그래서 그 매미가 울 때 "정승, 감사, 매양, 매양" 그렇게 운대요.

"아니, 근데 바닷가에서 왜 그 전설을 생각했어요?"

나는 의아해서 질문했어요. 그랬더니 창훈 씨가 나를 지긋이 바라보며 말했어요.

"소설가는 경륜이 있어야 좋은 소설을 쓸 수가 있어요. 그래서 내가 유미 씨가 생각하는 것보다 훨씬 늦게 성공할지도 모릅니다. 그럴지라도 나 버리지 말고 끝까지 참고 기다려 주세요. 라는 부탁을 하려다가 그 전설이 생각난 겁니다."

"창훈 씨, 별 걱정이 다 많아요. 아무 걱정 마시고 창훈 씨는 글을 쓰는 일에만 전념하세요."

"고마워요."

창훈 씨는 진심으로 고마워하며 나를 꼬옥 포옹해 주었어요. 그때 저 멀리 바다에서 유난히 큰 파도더미가 겹겹이 밀려오기 시작했어요.

부모의 배반

진 여사는 거기까지 얘기하고 또 무슨 깊은 생각에 잠기며 뜸을 들였다.

"신혼여행에서 생긴 뭐 또 다른 얘기는 없습니까?"

나는 기다리지 않고 다시 재촉했다. 그러자 진 여사가 생각에서 깨어나 나를 바라보면서 사과하듯이 말했다.

"죄송해요. 제법 오래된 얘기들이라서 내 기억이 조금씩 깜박깜박 할 때가 있어요. 제가 어디까지 얘기했죠?"

"매미전설과 몰려오는 파도더미까지 얘기했어요."

"그랬군요. 어쨌든 창훈 씨가 얘기한 매미전설은 별 의미를 두지 않고 잊어버렸어요. 아무튼 그렇게 신혼여행을 끝내고 서울로 왔어요. 그리고 창훈 씨가 마련한 반 지하, 부엌을 가운데로 큰 방과 작은 방이 있는 우리의 보금자리에서 신혼생활을 시작했어요. 큰 방은 우리가 쓰고 작은 방은 시어머니가 쓰기로 했어요.

나는 그 때까지도 천국에 사는 것 같은, 마치 꿈을 꾸고 있는 것 같은 행복 속에 살았어요. 그런데 그 행복이 그렇게 오래가지는 못했어요. 당시 나는 가진 돈이 없었어요. 집을 사는데 돈을 쓰고 약혼식하고 결혼한다고 가진 돈을 거의 다 써버렸어요. 그리고 결혼과 동시에 동대문시장의 직장도 그만뒀어요."

"아무 계획도 없이 직장을 그만두신 겁니까?"

"아니에요."

내가 의아해하며 질문하자 진 여사는 고개를 가로저으며 뭔가 잠시 생각하다가 대답했다.

그런 건 아니었어요. 창훈 씨에게 말하진 않았지만 나한텐 따로 계획이 있었어요. 그 계획은 아버지 이름으로 등기되어 있는 그 집을 담보로 돈을 좀 빌려서 작은 양품점이라도 하나 차려서 살아갈 생각을 했어요. 그래서 신혼여행을 다녀온 얼마 후에 친정에 갔어요. 부모님이 시장에서 장사를 끝내고 오는 저녁에 갔어요. 큰 남동생도 와 있었어요. 그래서 부모님과 큰 남동생 앞에서 나는 아무것도 망설이지 않고 내 계획을 말했어요.

"아버지, 제가 양품점을 하나 낼까 해요. 그런데 가진 돈이 없어요. 그래서 이 집을 담보로 은행에서 융자를 좀 받을까

해요.”

내가 그러면 ‘아 그래?, 그러면 그렇게 하려무나.’ 그렇게 대답할 줄 알았어요. 그런데 그게 아니었어요. 내가 말하는 그 순간 아버지와 어머니와 큰 남동생의 얼굴 빛이 정말 거짓말같이 싸늘하게 확 변했어요. 그리고 아버지가 칼로 무 토막 자르듯 사정없는 말투로 딱 잘라 거절했어요.

“그건 안 된다!”

“아버지?”

나는 깜짝 놀라며 반문했어요.

“왜 안 된다는 거예요?”

“이 집은 내 집이지 네 집이 아니야”

“아빠, 무슨 말씀을 그렇게 하세요. 이 집을 제가 달라는 것도 아니고 은행융자를 좀 받자는 것인데 왜 안 된다는 거예요?”

“윤 서방이 그러라고 시키더냐?”

이번엔 엄마가 가당치도 않다는 태도로 나를 보며 말했어요.

“난 그 녀석을 좋게 봤는데 그게 아니네. 처가 재산이나 보고 결혼한 녀석 아니야.”

“엄마! 윤 서방 얘긴 꺼내지 마세요. 윤 서방은 아무것도 몰라요. 내가 그렇게 하고 싶어서 그러는 거예요.”

“하여간 안 된다!”

아버지가 다시 모질게 딱 잘랐어요.

"네가 이 집을 사줬다고 그러는 모양인데, 우리는 너를 낳아서 결혼할 때까지 너를 키워 준 부모다. 이까짓 집을 하나 사줬다고 그것을 네 재산이라 생각하면 큰 오해다! 그러니 아예 이 집을 담보로 돈 빌릴 생각은 꿈에도 하지 말고 돌아가거라!"

"아빠, 제가 누구에요. 제가 아빠 딸이잖아요. 그 딸이 살아보려고 잠시 돈을 빌리자는 것 아녜요."

"누나!"

가만히 있던 큰 남동생까지 복장을 찔렀어요.

"누나의 마음은 이해가 되는데, 내가 판단해 봐도 누나의 계획은 잘못된 것 같아."

"뭐가 잘못됐다는 거니?"

"부모에게 집을 사줬으면 그것으로 끝내야지. 뭐 그것을 자기 것처럼 융자를 내겠다, 하는 것은 부모를 우롱하는 일밖에 아니잖아!"

"뭐가 우롱한다는 거니? 누나가 살아보겠다는 건데 그게 뭐가 부모를 우롱하는 거니? 누나가 집을 산 것이 아니라도 부모자식 간에 서로 도우며 살아야 그게 도리 아니니? 그런데 무슨 말을 그 따위로 하니?"

"어쨌거나 안 된다면 안 되는 거다!"

아버지가 야속하게 말했어요.

"네가 융자를 낼 수 있으면 이 집을 파서 옮겨다가 융자를 받도록 해라!"

순간, 나는 정말 돌아버렸어요. 어떻게 부모가, 지금까지 죽도록 돈 벌어서 저 공부하는 뒷바라지 해준 남동생이, 이렇게 남을 대하듯 할까하는 생각을 하는 순간 내 피는 완전히 거꾸로 확 솟구쳐버렸어요. 그래서 재떨이를 집어서 거실 탁자 유리창을 깨뜨리며 소리쳤어요. 그때까지 꾹 참아왔던 모든 것이 터져버렸어요. 내 생각과 너무나 딴판인 부모와 형제를 보자 내가 완전히 미쳐버렸던 거예요.

"당신들이 내 부모가 맞아요! 아빠가 맞고 엄마가 맞아요! 뭐 낳아주고 키워줬다고요! 피도 안 마른 것을 밖에 나가 돈 벌게 해놓고서 뭐가 그렇게 당당하세요. 엄마도 그러는 것이 아니야! 내가 융자 내어 쓰고 또 돈 벌어서 갚으면 되잖아! 나 죽어라, 이거야. 동생! 동생도 그러는 거 아니야. 동생 학비 누가 대줬어. 책 누가 사줬어? 누나가 밖에 나가 할 짓 안 할 짓 다해서 사준 것 아니야! 그런데 뭐, 부모를 우롱해? 에라잇, 개 같은 자식아! 너 따위를 동생이라고 믿고 사랑한 내가 미친년이었었어! 내가 미쳤다고! 차라리 오늘 다 죽어버려! 다 죽자고! 우리는 살아야 할 인간들이 아니야. 다 죽어! 죽자고! 나 죽이고 죽던지 다 죽자고! 죽어!"

나는 부모와 동생의 돌변한 태도를 보고 정말 반 미쳐버렸어요. 그동안 그들을 위해 돈을 벌며 고생한 일들이 주마등처럼 내 시야로 스쳐가는 데 정말 미쳐버리겠더라고요. 그래서 거실에 있는 집기를 잡히는 대로 때려 부수며 발광을 했어요. 그러다가 나는 결국 그 배반감을 도저히 감당하지 못하며 제풀에 지쳐서 졸도해 버렸었어요.

부모보다 좋은 친구

진 여사는 이야기하다가 자기도 모르게 솟구쳐 오른 감정을 짓누르는 듯 지그시 눈을 감고 입을 꽉 다물고 있었다.

나는 그런 진 여사의 모습을 보고 있기가 민망하여 그 정도에서 얘기를 끝낼까 하고 물어보았다.

"진 여사님, 많이 피곤해 보이시는데 오늘은 이 정도에서 얘기를 끝낼까요?"

"아니에요! 아니에요! 전혀 힘들지 않아요. 얘기도 아직 많이 남았고요."

진 여사는 잠시 정신을 가다듬은 뒤에 얘기했다.

그리고 얼마나 지났는지 몰라요. 가까스로 내가 정신을 차려 보니까 내가 부모님 집 거실의 소파에 깊숙이 기대어 앉아 있었고, 내 앞에는 잔뜩 걱정스런 얼굴의 창훈 씨가 나를 바라보고 있었어요.

"이제 정신이 좀 드세요?"

창훈 씨는 내가 눈을 뜨고 자기를 바라보자 반색을 하며 말을 했어요.

나는 정신을 차리려고 애를 썼어요. 그러자 마치 끊겼던 필름이 이어져서 연결되듯이 졸도하기 전의 상황이 주마등처럼 내 앞에 펼쳐지며 흘러갔어요. 그러자 잊혔던 분노가 다시 불쑥 고개를 들고 솟구쳐 올라왔어요.

"괜찮아요?"

창훈 씨가 다시 물었어요. 나는 괜찮다고 고개를 끄덕였어요. 뒤에 가서 창훈 씨를 통해 알게 됐지만 내가 그렇게 미쳐서 발광을 부리고 졸도해 버리자 당황한 부모와 큰 남동생은 부랴부랴 전화해서 창훈 씨를 불렀던 거예요. 그리고 내가 미쳐버렸던 상황을 저희들이 유리하도록 곱게 각색을 해서 창훈 씨를 설득하며 달랬던 거예요.

어쨌든 나는 창훈 씨를 따라 집으로 갔어요. 창훈 씨는 궁금한 듯 이것저것 물었지만 나는 아무것도 말하고 싶지 않았어요. 부모와 큰 남동생에게 당한 그 배반감은 도저히 무엇으로도 지울 수가 없었어요.

'어떻게 한다?'

내 계획이 순식간에 모두 물거품이 되어 사라져버리는 바람에 나는 갑자기 황당하고 한없이 막막해졌어요. 비록 창훈 씨에게 내 계획을 미리 말하지는 않았었지만 나는 내 계획이 순조롭게 잘 진행이 되어서 창훈 씨는 집에서 글을 쓰고 나는 양품점에서 장사를 해서 창훈 씨 뒷바라지를 할 요량으로 자신만만해 있었는데 그것이 깨어지고 부서져서 산산조각이 되어 흩어져버린 거예요. 나는 갑자기 모든 의욕을 상실해버렸어요. 정말 몸도 움직이기 싫고, 말도 하기 싫고, 눈도 뜨고 싶지 않았어요. 사랑하는 창훈 씨만 없었다면 그대로 눈을 꼭 감은 채 이 세상을 등지고 싶은 그런 절망감만이 나에게 한없이 엄습해 왔어요.

"창훈 씨, 정말 미안하고 죄송한데요. 그냥 놔두세요. 나를 건드리지도 말고 그냥 혼자 있게 가만히 좀 내버려 두세요."

"알았어요. 암튼 맘을 편히 가지세요. 하늘이 무너져도 솟아날 구멍이 있고 땅이 꺼져도 매달려서 살 길은 얼마든지 있어요. 용기를 가지세요. 내가 있잖아요. 나를 바라보며 용기를 잃지 마세요."

창훈 씨는 작가라서 그런지 유난히 섬세하고 자상했어요. 그래서 내 마음을 읽고는 나를 건드리지 않았어요.

나는 이틀 동안 물만 마시며 그렇게 꼼짝 않고 방에 누워 있었어요. 시어머니는 걱정이 되는지 들락거렸지만 나는 눈을 꽉 감고 말도하지 않았어요. 그러자 시어머니도 더 이상 나를 귀찮게 하지 않았어요.-

'어떻게 한다? 무슨 방법이 있긴 있을 텐데?'

나는 이틀 동안 굶고 이 낭패를 어떻게 돌파해 나가야 할까만 곰곰이 생각하고 또 생각했어요. 그랬는데 이틀째 되는 날, 어느 순간 횟집 차성태에게 시집을 간 친구 수정이가 생각이 나더라고요.

'그래, 수정이를 만나보자. 수정이를 만나면 무슨 좋은 수가 생길 거야'

그런 생각을 하는 순간, 나는 후다닥 일어나서 정신을 차리고 밥을 먹었어요. 그리고 화장을 하고 수정이한테 전화를 해서 한번 만나자고 했어요. 그랬더니 수정이가 선뜻 만나주겠다고 했어요.

나는 모든 자존심을 다 버리고 약속한 다방으로 가서 친구 수정이를 만났어요. 돈을 빌려야 될 형편이었기 때문에 부끄러웠지만 부모님과의 사이에 일어난 불미스러운 일들을 자세하게 모두 얘기를 했어요. 그러자 수정이가 발끈하여 나한테 손가락질을 하며 면박을 줬어요.

"등신! 등신! 이 계집애야, 내가 뭐랬어. 부모 형제 다 소용없고 믿을 것 못 되니까 돈을 챙겨 놓으라고 내가 그만큼 신신당부할 때 내 말을 들었더라면 오늘 같은 일이 안 생겼을 거 아니야. 이 바보, 멍청이!"

"맞아. 난 네 말대로 정말 등신이고, 바보 멍청이야. 내가 한없이 어리석고 띨띨했던 거야. 하지만 이미 엎질러진 물인데 지금에 와서 후회한들 무슨 소용이 있겠어. 그래서 나 혼자 죽어버릴까 하는 생각도 하며 이틀 동안 굶고 생각하고 또 생각하다가 너를 만나기로 했던 거야."

"왜 나한테 돈 빌리려고?"

"양품점이라도 하나 차려야 창훈 씨도 글을 쓸 수 있고 우리 식구 먹고 살어."

"동대문에 다시 나가면 되잖아."

"동대문엔 쪽 팔려서 못가겠어."

"나 돈 없어. 나한테 무슨 돈이 있겠니. 그렇게 가게 하려면 5백만 원은 있어야 할 텐데?"

"너 내 성격 잘 알잖아. 너 돈 갚기 전에는 안 죽을 것이니까 한번만 믿어주라."

"부모 형제도 못 믿는 세상에 친구를 지랄 났다고 믿겠니? 난 너 못 믿어."

"계집애. 너 그렇게 나한테 등 돌려서 얼마나 행복할거라고 그래?"

"몰라, 몰라. 난 돈 못 빌려줘. 안 돼. 난 절대로 친구하고 돈 거래 안 해."

"그래. 그러면 그만둬라."

수정이가 정색을 하고는 고개를 훼훼 가로저었어요. 그래서 나도 단념하기로 했어요.

"그래도 난 너만은 나를 도와주리라 믿었다. 어쩌면 우리 사이는 부모보다 더 가깝지 않았었니? 오늘 날 내가 어쩌다가 이런 보기 싫은 꼴이 되어 너를 찾아왔는지 내가 밉다 미워. 정말 내가 밉구나. 내가 한 말 모두 못 들은 걸로 안 들은 걸로 해줘!"

"계집애야. 그런다고 또 삐지냐!"

수정이가 눈을 흘기며 소리쳤어요.

"계집애야, 그러게 내가 돈을 잘 챙겨두라 그랬잖아! 돈 없으면 못 사는 세상인데 돈 무시하면 큰 코 다친다고 내가 얼마나 입이 닳도록 말했니? 그래도 끝끝내 내 말 안 듣고 심청이 흉내 내다가 꼴좋게 됐다. 한강 물에 풍덩 빠져 죽어라. 그러면 혹시 아니 수중 임금이 와서 왕비라도 삼아 줄지. 이 년아! 네가 만일 차성태를 나한테 안 줬더라면 나 정말 네 얼굴도 안 보고 내쫓았을 것이다. 그런데 차성태를 나한테 줬기 때문에 정말 싫지만 내가 진다. 내가, 졌다. 내가, 졌어!"

호사다마

진 여사가 여기까지 얘기한 뒤에 갑자기 바쁜 약속에 있다며 나머지 얘기는 다음에 만나서 얘기를 하자고 했다.

“다음에 만나면 그때는 남편을 10억에 팔아먹은 본론이 나오게 됩니까?”

“글쎄요?”

내가 약간 섭섭한 표정으로 질문했다. 그러자 진 여사는 생글생글 웃으며 장난스레 대답했다.

“다음에 만나면 선생님이 제일 궁금해 하시는 그 얘기를 하게 될지도 모르겠군요. 어쨌든 오늘은 여기서 그만둡시다.”

사정이 그렇게 되어서 그날은 그렇게 헤어지게 되었다. 어쨌든 거기까지 얘기를 듣고도 나는 내 추리력이 부족한 때문인지 어쨌는지 남편을 10억에 팔아먹었다는 것에 대해 전혀 예측을 할 수가 없었다.

며칠 후, 그 장소에서 다시 진 여사와 마주앉게 되었다.

"내가 그날 수정이를 만나 돈 빌려달라고 한 얘기까지 했었죠."

"예, 그랬습니다."

진 여사는 아주 밝은 표정으로 지난 이야기를 하기 시작했다.

수정이가 욕을, 욕을 하면서 나한테 남편이 모르게 챙겨둔 5백만 원을 빌려줬어요. 당시는 5백만 원도 큰돈이었어요. 그리고 내가 양품점을 할 거라고 했더니 양품점은 별로니까 그 당시 뜨고 있던 <선물의집>을 하라고 했어요. 당시는 부동산 투기가 한창이던 때라 집을 사서 팔기 전에 거실에다가 야릇한 장식품을 사다가 그럴 듯하게 진열을 해서 집이 돋보이게 하고는 집값을 좀 올려 받아 파는 게 유행이었는데, 선물의집은 그런 여러 장식품을 파는 곳이었어요.

수정이는 그러면서 그 방면의 잘 아는 사람까지 소개를 해서 남대문시장에 가 보았더니 그런 장식품 도매코너가 크게 자리를 잡고 있었고, 또 대성황을 이루고 있었어요. 그래서 동네 입구에 방이 딸린 작은 가게를 하나 얻어서 선물의집을 차렸어요. 장사가 짭짤하게 잘 됐어요. 그래서 가게 세를 주고, 수정이한테 이자를 주고, 우리 생활비하고도 돈이 조금씩

남을 정도였어요. 그래서 창훈 씨와 나는 다시 평화와 행복을 되찾았어요.

창훈 씨는 가게가 집에서 그렇게 멀지 않는 곳이라 글을 쓰다가 지치면 바람도 쏘일 겸 가게로 왔고, 손님이 없을 때는 작은 방에서 사랑을 즐기기도 했어요. 그렇게 왔다 갔다 하면서 창훈 씨도 손님을 맞아서 가격표대로 물건을 팔기도 했고, 가끔씩은 남대문도매상에 가서 물건을 사오기도 할 정도까지 되었어요.

그리고 일주일에 한번 씩은 쉬었는데 그때마다 창훈 씨가 낚시질을 가자고 해서 낚시질을 가기도 했어요.

창훈 씨는 낚시질을 좋아했어요. 글을 쓰다가 생각이 잘 안 나면 혼자서도 낚시질을 가고는 했어요.

어쨌든 낚시질을 함께 가서 고기가 안 잡히는 날에는 물고기를 사서 찌개를 끓여 주기로 했는데, 창훈 씨가 얼마나 맛있게 잘 먹던지 나는 그게 보기 좋아서 자주 낚시질을 갈 때 따라가곤 했어요."

"아, 맛있다. 정말 맛있어! 당신은 역시 찌개 만드는 일등선수야, 일등!"

그렇게 진심으로 나를 칭찬해주며 맛있게 찌개를 먹던 창훈 씨의 모습이 지금도 내 눈에 선해요.

어쨌든 그렇게 서너 달을 행복하게 지냈어요. 그랬는데 내 몸이 이상해서 병원에 가 보았더니 임신이 되었다고 했어요.

창훈 씨와 시어머니는 내 임신 소식을 듣고 얼마나 좋아했는지 몰라요. 나도 정말 좋았어요. 나이 들어 결혼해서 애를 못 낳으면 어쩌나 걱정했는데, 임신이 됐다니 그보다 더 좋은 일이 어디 있겠어요. 그래서 온 식구가 좋아했어요.-

"친정하고는 왕래를 끊고 살았습니까?"

내가 궁금해서 좀 엉뚱한 질문을 하자 진 여사는 난처한 표정을 지었다가 대답했다.

"창훈 씨가 부모형제 간에 원수지고 살면 안 된다고 해서 싸웠던 일은 없었던 일로 하고 가끔씩 왕래는 했어요. 하지만 그전에 같은 그런 친숙한 부모자식간의 정은 깨지고 없었어요."

진 여사가 그렇게 대답하고는 나를 나무라듯 말했다.

"갑자기 엉뚱한 질문을 하는 바람에 어디까지 얘기했는지 생각이 안 나네요."

"임신하고 온 식구가 좋아했다는 얘기까지 했어요."

"그랬죠. 그랬어요. 정말 모두 좋아 했어요. 그랬는데 호사다마라고 뜻밖에 큰일이 생겼어요."

진 여사는 생각하기조차 싫다는 표정으로 잠시 눈을 감았다가 뜨고는 사뭇 침울한 표정으로 말했다.

임신 5개월 째 되던 어느 날이었어요. 내가 창훈 씨에게 가게를 맡겨 놓고 잠시 부근에 있는 시장에 다녀왔어요. 그런데 시장에 갔다가 가게로 왔는데 유리문 안으로 창훈 씨가 누구에겐가 물건을 팔고 있는 모습이 보였어요. 그래서 나는 신기해하며 다가가 살며시 유리문으로 안을 살펴봤어요.

가게 안에는 우리 '선물의집' 앞에 있는 술집에서 일하는 계집애가 둘이 와서 물건을 흥정하고 있었어요. 그런데 창훈 씨가 그 여자들에게 미소를 지어가며 열심히 무슨 얘긴가를 했어요. 그러자 그 두 계집애들도 깔깔 웃어대면서 항아리같이 생긴 장식품을 사서 나오더라고요.

나는 그때 몸을 숨기며 말할 수 없는 질투를 느꼈어요. 창훈 씨가 한없이 가볍게 보이기도 하고 그 술집 계집들과 정분이 난 것처럼 보이기도 하고 정말 못 견디겠더라고요.

그런데 창훈 씨는 그런 내 심정도 모르고 문을 열고 나와서 아가씨들에게 잘 가시라고, 마치 애인을 마중하듯 마중인사까지 하고는 가게로 들어가는 거예요.

나는 질투에 불붙은 표정으로 가게에 들어갔어요. 그러자 창훈 씨가 돌아서서 나를 보고는 아주 반색을 하며 말했어요."

"여보, 어서 와요. 내가 당신이 없는 동안에 물건을 팔았지요. 봐요. 4만 원어치나 팔았다고요. 돈 받아요."

"저리 치워요!"

순간, 나는 나도 모르게 창훈 씨가 내민 돈을 탁 쳐버리고 질투에 불타는 분노의 눈으로 창훈 씨를 공박했어요.

"웃지 마요! 그 웃음, 보기도 싫어요. 술집 계집애들한테 히히덕거리면서 웃던 그 웃음 나한테 똑같이 웃지 말아요! 아, 정말 실망이야! 술집 계집애들 따라가시지 왜 여기 있어요!"

"뭐야?"

순간, 창훈 씨는 마치 총 맞은 사람 같은 표정으로 눈을 부릅뜨고는 꽥 소리쳤어요.

"당신 지금 무슨 소리하는 거야? 난 물건을 판 거야. 물건을 파는데 정색을 하고 물건을 팔아? 물건을 팔려면 상냥하게 웃으며 팔아야지 성질내면서 물건을 팔아요?"

"변명하지 말아요. 당신은 확실히 그 계집애들한테 반해 있었어요. 당신도 그렇고 그런 남자들과 똑같은 모습이었어요. 정말 실망이야!"

"닥쳐!"

순간, 창훈 씨가 도저히 더는 못 참겠다는 듯 빽 소리치면서 내 따귀를 찰싹 후려쳤어요.

순간, 내 눈에서 번갯불이 번쩍했어요.

창훈 씨는 그런 나를 더 후려칠 듯한 기세로 쏘아보며 소리쳤어요.

"내가 다른 것은 다 참을 수 있는데, 나를 그렇게 형편없는 남자로 몰아가는 건 결코 못 참아! 난 그렇게 내 인격 무시당하면서까지 인내 못해! 좋아! 내 다신 이 가게에 안 올 거야! 물건 따위도 안 팔 거야! 당신 혼자서 다해! 아, 정말 미쳐!

다 부셔버리고 싶어! 아, 재수 없어! 아 보기 싫어. 모두 싫어!"

창훈 씨가 돌아버린 표정으로 벌벌 떨며 소리소리 지르다가는 문을 박차고 가게를 나가버렸어요.

나는 맞은 뺨을 쥐고 멍하니 그 자리에 서 있기만 했어요.

싸움과 유산

진 여사는 스스로의 부끄러움에 얼굴이 시뻘겋게 되어 잠시 입을 꾹 다물고 있다가 이윽고 진정이 되는 듯 다시 얘기를 시작했다.

지금 생각해도 제 자신이 부끄러워요. 창훈 씨를 너무 사랑한 나머지 나도 모르게 발작처럼 순간적으로 일어난 질투심이 순수한 창훈 씨의 마음을 후려쳤던 거예요.

어쨌든 창훈 씨는 그 일로 며칠 동안 나하고 말도 하지 않았고, 가게에도 나오지 않았어요. 자존심 하나로 살아온 사람에게 그 하나뿐인 자존심을 무자비하게 짓밟아버린 내가 문제였어요. 첫 싸움이 그렇게 내 잘못으로 시작하여 며칠 간 지속되었어요.

나는 며칠 없이 창훈 씨에게 잘못했다고, 오해했다고, 용서

하라고, 사과하고 또 사과했어요. 뺨을 맞고도 내가 잘못했다고 사과할 수밖에 없는 상황이었어요."

"알았어요."

며칠 동안 내가 끈질기게 사과를 하자 어느 날 아침 창훈 씨는 비로소 굳은 얼굴을 풀고 나를 바라보며 말했어요.

"하늘을 두고 맹세하지만 나에겐 당신밖에 없어요. 나에게 두 번 다시는 여자로 질투하지 말아요. 난 다른 것은 다 참을 수 있어도 그것만은 못 참아요. 난 꿈에라도 그런 비인격자로 취급받는 건 참을 수가 없어요."

"알았어요. 다시는 안 그럴 게요. 내가 그날 미쳤었나 봐요. 다시는 정말 다시는 안 그럴 것이니까 제발 화를 푸세요."

"알겠어요. 난 당신을 정말 사랑해요. 다시 말하지만 난 당신뿐이야."

창훈 씨는 그러면서 나를 가만히 포옹해 주었어요. 난 순간적으로 눈물이 핑 나도록 어떤 행복감을 느꼈어요. 장사하면서 받은 스트레스가 순식간에 모두 풀어져버리고 천국에 있는 것 같은 행복감에 빠졌었어요.

어쨌든 우리의 첫 싸움은 우습지 않게 시작되어서 그렇게 아름답게 마무리가 됐어요. 그런데 엎친 데 덮친다고 하더니 생각도 하지 않았던 곳에서 또 문제가 발생했어요.

쉬는 날이었어요. 그날은 비도 오고해서 창훈 씨가 집에 있었어요. 그래서 나도 창훈 씨와 함께 집에서 쉬었어요.

그날 밤이었어요. 늘 따님 댁에 살다시피 하시던 시어머니가 그날 밤에 집에 오셨어요.

그런데 우리는 방에 있었으면서도 시어머니가 들어온 줄도 모르고 있었어요. 그랬는데 부엌에서 시어머니가 나를 불렀어요.

"얘, 아가, 아가!"

"예!"

나는 깜짝 놀라서 방문을 열고 내다보았어요.

시어머니가 그릇을 씻는 모습으로 서서 나를 바라보고 있었어요. 나는 놀라고 당황한 모습으로 허둥지둥 말했어요.

"어머니, 언제 오셨어요. 그릇은 제가 씻을 테니까 그냥 두세요."

"그런데 아가……"

시어머니가 약간 굳은 얼굴로 말했어요.

"밥그릇이 하나 깨져 있구나. 네가 깬 거냐?"

"아뇨."

나는 시어머니가 너무 엉뚱한 질문을 해서 나도 모르게 정색을 하고 말했어요.

"전 그냥 점심을 먹은 뒤 그릇을 내다놨을 뿐이에요."

"무슨 소리냐?"

순간, 시어머니가 아주 불쾌한 표정으로 정색을 하며 따지듯 말했어요.

"그럼 내가 이 그릇을 깼다는 말이냐?"
"아녜요. 제가 안 깼다고만 말한 거예요."
"그게 그 말이 아니냐. 우리 집에 사람이 여럿이 있는 것도 아닌데 네가 안 깼으면 이 시어미가 깼다는 말이 아니냐."
"어머니, 그건 오해에요. 저는 다만 제가 깨지 않았다고 말씀드린 거예요."
"얘가, 그래도 끝까지 대꾸하는구나. 응야, 응야 해줬더니만 아주 못쓰겠어. 시어머니에게 빡빡 따지고 대들고 도대체 뭐 하는 짓이냐. 창훈이가 돈을 못 벌고 앉아 있다고 나를 무시하는 거냐, 뭐냐!"
"어머니, 그렇게 말씀하지 마세요."
나는 너무 화가 나서 도무지 감정을 억누를 수가 없었어요. 억울하기도 하고 하여간 도무지 견딜 수가 없었어요. 그래서 부엌으로 나가서며 따지듯이 시어머니에게 말했어요.
"어머니, 그렇게 말씀하시지 마세요. 저는요. 제가 그릇을 안 깼다고만 말한 거예요. 정말 제가 안 깼어요."
"네 말이 그 말 아니냐! 네가 안 깼으면 내가 깼다는 것 아니냐고!"
"어머니, 난 그릇이 깨져 있는 것도 몰랐어요. 난 안 깼다고만 말한 거예요."
"여보, 그만해요!"
지켜보고 있던 창훈 씨가 부엌으로 내려오며 나한테 빽 소리를 쳤어요.

"왜 자꾸 대꾸해요! 어른이 그러면 가만히 있으면 될 것 아냐!"

"난 억울하다고요!"

나는 시어머니 편을 들고 나오는 창훈 씨가 갑자기 섭섭했어요. 그래서 창훈 씨를 딱 바라보며 대들 듯 따졌어요.

"창훈 씨와 제가 함께 있었잖아요. 제가 안 깼어요. 안 깬 걸 안 깼다고 말한 거예요. 그게 뭐가 잘못됐다는 거예요!"

"시끄러워요. 제발 그 입 좀 닥쳐!"

창훈 씨가 빽 소리치면서 또 내 따귀를 찰싹 후려쳤어요.

순간, 내 눈에는 아무것도 보이지 않았어요. 억울한 내 편을 들어주기는커녕 내 따귀를 후려치기까지 한 윤창훈 씨가 도저히 이해되지 않았어요. 그래서 나도 모르게 울면서 대들었어요.

"그래요. 내가 나쁜 여자에요. 그릇을 깨놓고 시어머니에게 뒤집어씌운 아주 못된 년이에요. 내가 그런 년이라고요. 아으흐흑……"

나는 내 감정을 도저히 주체할 수 없어서 울음 터뜨리며 밖으로 뛰쳐나갔어요. 밖에는 비가 주룩주룩 내리고 있었어요. 나는 울며 그 비속을 무작정 뛰어갔어요. 창훈 씨에게 미움받고 따귀까지 맞은 것이 도무지 용서되지 않았어요. 그래서 그냥 비속으로 달려갔어요.

그런데 뒤따라올 줄 알았던 창훈 씨가 따라오지 않았어요. 반드시 나를 쫓아오리라는 기대감을 지우지 못하고 몇 번인지 모르게 뒤를 돌아보았지만 창훈 씨는 끝내 나를 따라오지 않았어요. 그러자 분노와 슬픔이 배로 증폭되었어요. 창훈 씨에게 버림받은 것 같은 절망감이 나를 더욱 미치게 만들었어요. 그런 나를 더욱 못 견디게 만들 듯 빗줄기는 점점 굵어 졌어요.

'어디로 가야 되지?'

나는 정신없이 뛰며 걷다가 갑자기 어디로 갈지 몰라서 걸음을 멈췄어요. 부모님과 그렇게 크게 싸우지만 않았다면 친정에 가서 하소연이라도 하겠는데, 크게 싸운 일 때문에 죽었으면 죽었지 부모님 앞에 가서 초라한 내 모습은 보여줄 수 없었어요. 그래서 고민하다가 자취를 하고 있는 이종사촌한테 갔어요.

이종사촌이 비를 맞은 병아리 같은 모습을 하고 나타난 나를 보고는 깜짝 놀랐어요. 그리고 어떻게 된 거냐고 캐물었어요.

나는 아무 말도 안했어요. 아무것도 말하고 싶지 않았어요. 그래서 이종사촌한테 옷을 달라고 하여 젖은 옷을 벗고 옷부터 바꾸어 입었어요. 그러자 좀 살 것 같았어요.

"언니, 어떻게 된 거야? 형부와 싸운 거야? 그래서 집에서 나온 거야?"

이종사촌동생이 어쩔 바를 몰라 하며 캐물었어요. 그래서 그냥 어쩔 수가 없어서 고개를 끄덕였어요.

"응, 좀 싸우고 집을 나왔어."

"왜? 왜 싸웠어?"

"뭐 그럴 일이 좀 있었어. 미안한데, 나 아무 말도 하고 싶지 않아. 그러니까 좀 누워있자. 나 피곤해."

"알았어. 좀 누워."

동생이 더 이상 묻지 않고 나한테 누우라고 이부자리를 깔아줬어요.

나는 자리에 누웠어요. 그러자 갑자기 온 몸이 나른해지며 잠이 왔어요. 긴장이 풀리자 피곤이 한꺼번에 엄습해 왔던 거예요. 그래서 잠이 들었어요.

"여보, 일어나요."

얼마나 잤는지 몰라요.

창훈 씨가 깨우는 소리에 잠을 깼어요.

창훈 씨가 걱정스런 모습으로 나를 지켜보고 있다가 말했어요.

"어제는 내가 잘못했어요. 어머니 앞에서 나도 모르게 그렇게 됐어. 용서해 줘요."

"여기는 어떻게 알고 왔어요?"

"당신 찾으러 처갓집에도 가보고 밤새도록 잠도 못자고 걱정했어요. 그런데 아침에 처제가 전화해서 자기 집에 있다고 알려줬어요. 그래서 온 거예요. 밤새도록 얼마나 걱정을 했는지… 그러지 마요. 난 정말 밤새도록 한잠도 못 잤다고요."

"듣기 싫어요. 나 이제 당신 필요 없어요. 당신은 당신 어머니하고 사세요!"

나는 분을 참을 수가 없어서 벌떡 일어나 앉아 창훈 씨를 공박했어요.

"당신, 나 사랑한다 했던 말 죄다 거짓말이라는 것 다 알았어요. 그러니까 가요, 가라고요!"

그렇게 악을 쓰고 대드는 순간에 갑자기 배가 아팠어요. 그래서 배를 잡았어요. 그러고 아래를 보니까 팬티에 피가 비쳤어요. 순간, 애기가 잘못됐다는 아찔한 느낌이 왔어요.

창훈 씨가 깜짝 놀랐어요. 그래서 우리는 거기서 일단 싸움을 중단하고 부근에 있는 산부인과로 갔어요.

산부인과 의사는 나를 진단했어요. 그러고는 창훈 씨와 나를 번갈아 보다가 말했어요.

"조심했어야 되는데…… 정말 유감입니다. 유산 됐어요."

"유산? 유산이라고요?"

그 말은 듣는 순간 나는 그 자리에서 정신을 잃어버렸어요.

호박손

진 여사는 또 눈을 꽉 감은 채 지나간 날의 괴로움을 잊자는 것인지, 생각하자는 것이 알 수 없는 태도로 한참 동안 말이 없었다.

나도 입을 꾹 다문채 진 여사를 바라보고만 있었다. 유산이라는 너무 끔찍한 이야기와 졸도했다는 이야기까지 듣고는 어떻게 더 말을 걸 용기가 나지 않았다. 그래서 진 여사가 스스로 감정을 잘 수습하여 다시 얘기를 시작하기만을 가만히 기다리고 있었다.

이윽고 진 여사가 감정을 수습한 듯 감았던 눈을 뜨고는 잠시 나를 바라보았다. 그러다가 용기를 내어 다시 얘기를 시작했다.

예측 못한 일들이 연속되다가 유산이라는 정말 꿈에도 상상하지 못했던 일이 일어나고 말았던 거예요. 이 일은 저희 가정에 큰 충격이었어요. 이 일이 일어난 후 시어머니는 자기가 귀한 아이를 유산시켰다는 자책감을 이기지 못하여 창훈 씨와 상의해서는 스스로 작은방을 하나 얻어서 독립을 했어요.

창훈 씨도 흥분을 누르지 못하고 내 따귀를 때렸던 것을 두고두고 뉘우치며 후회했어요. 효심이 남달랐던 창훈 씨라 며느리가 사정이야 어떠했던 어머니에게 대꾸하는 모습이 마땅찮았던 것 같았어요. 그런데 일이 그렇게 유산이라는 데까지 발전을 해버리자 정말 어찌할 바를 몰랐어요. 게다가 어머니까지 독립해 나가자 더욱 어쩔 바를 몰라 했어요.

나는 아이를 잃어버린 허탈감에 아무것도 할 수가 없었어요. 그래서 일주일 간 아무 일도 않고 누워만 지냈어요. 그러다가 안 되겠다 싶어서 자리를 털고 일어났어요. 그리고 창훈 씨의 사과를 흔쾌히 받아주었어요."

"좋아요. 당신 용서할 게요. 생각해 보면 당신 잘못이랄 수도 없어요. 내가 그때 얼른 눈치를 채고 잘 수습해야 했었는데 난 그냥 내가 안 그랬기 때문에 안 그랬다고만 말한 거예요. 어쨌든 다 지나간 일인데 따지면 뭐하겠어요. 우리 모두 잊어버리고 새롭게 시작해요."

"여보, 고마워요."

창훈 씨는 진심으로 고마워했어요.

"어머니도 당신 얼굴 볼 면목이 없다고 했어요. 재수가 없으려니까 일이 그렇게 됐다면서 아이는 또 생기면 아이니까 이미 잃어버린 핏덩이는 잊어버리고 튼실한 아이를 임신하라고 했어요. 여보, 우리 정말 힘을 내서 다시 한 번 아이를 만들어 봅시다."

"그래요. 그렇게 해요."

우리 부부는 그렇게 서로의 잘못을 털어내고 새로운 삶을 시작했어요.

그런데 그러고 나서는 임신도 잘 되지 않았고, 어쩌다가 임신이 되었는가 싶으면 5주도 채 안되어 자연유산이 되어버리는 거예요. 의사는 자궁이 약해서 그러니까 아이를 얻으려면 산모가 집에서 편히 쉬는 것이 좋다고 했어요. 그래도 집안 사정이 그래서 내가 쉴 수는 없었어요. 그래서 이년 동안 이를 악물고 돈을 벌었어요.

"여보, 나 이제 가게 정리하고 들어앉아서 아이를 낳을 것이니까 그렇게 아세요."

2년이 지난 어느 날, 나는 아이를 낳을 결심을 하고는'선물의집'가게를 과감하게 정리했어요. 그리고 수정이한테 빌렸던 돈은 갚아주고, 그동안 모은 돈으로 아이를 낳을 때까지 쓰기로 하고는 집에 들어앉았어요.

그런데 어찌된 일인지 도무지 임신이 안 되는 거예요. 하던 지랄도 멍석을 깔아놓으면 안한다고 하더니 임신하려고 작정을 하고 앉아 있는데 도대체가 임신이 안 되는 거예요. 그래도 임신을 해보려고 한약도 지어 먹어보고 할 수 있는 일은 뭐든지 다 해봤어요. 그렇게, 그렇게 애를 쓰다가 보니까 어느 결에 일 년이 후딱 지나가고 모아 두었던 돈도 바닥이 보이기 시작하는 거예요. 그러니 내가 얼마나 초조했겠어요. 나이는 먹어가죠. 참 미치고 환장하겠더라고요. 그래서 내가 방방 뛰기라도 하면 창훈 씨는 그런다고 애기가 생기는 것도 아닌데 뭘 그러냐며 좀 기다려보자고 했어요. 그랬는데 정말 기다린 보람이 있었는지 일 년이 지난 바로 그 다음 달에 덜컥 임신이 된 거예요. 그래서 창훈 씨와 나는 손을 맞잡고 얼마나 좋아했는지 몰라요. 시어머니에게도 알려줬더니 시어머니도 이제야 내 죄를 벗게 되었다며 좋아했어요.

그런데 이 무슨 변괴인지 3주가 지나기 바쁘게 또 피가 비치기 시작하는 거예요. 그래서 의사를 찾아갔더니 의사가 또 청청벽력 같은 말을 하는 거예요.

"아무래도 유산될 것 같으니까 수술을 하세요. 자연 유산이 잘못되면 산모의 건강이 안 좋을 수도 있어요."

"알겠어요. 아이 아버지와 상의해서 오겠어요."

나는 절망감을 안고 집에 갔어요. 창훈 씨에게 그 얘기를 했더니 창훈 씨가 의사를 못마땅하게 생각했어요.

"정말 이상한 의사 아니야. 유산이 될 것 같으니 수술을 해서 유산하라, 좀 어떻게 된 것 아니야. 여보, 유산이 될 때 되더라도 그냥 기다려 봐요. 우리 자식이 안 될 것 같으면 유산이 될 것이고 우리 자식이 될 것 같으면 어떻게든 유산이 안 되겠지. 기다려 봐요."

창훈 씨가 수술은 절대 안 된다고 강력히 반대를 해서 자연 유산이 되든지 안 되든지 기다리기로 했어요.

시어머니가 그 소식을 듣고는 깜짝 놀라서 찾아왔어요. 괜찮을 거라고, 내가 자기한테 잘했기 때문에 하늘이 나한테 반드시 아이를 줄 것이라고, 걱정마라고 장담하며 나를 위로하고 돌아갔어요.

그리고 다음 날 어디 가서 구했다면서 호박 손을 한 다발 구해 와서 삶아서 나한테 먹으라고 줬어요. 호박손이 뭐냐 하면요. 호박 줄기가 뻗어갈 때 손이 먼저 나와서 울타리를 감아 잡으면 줄기가 뻗어나가는 그런 것이었어요. 옛날 어른들이 유산기가 있을 때 호박 손을 삶아먹으면 유산이 안 된다고 해서 많이들 그렇게 해서 유산을 막았다는 거예요. 의술이 열악했던 옛날에는 그런 미신 같은 방법을 사용했나 봐요.

어쨌든 시어머니가 그렇게 정성을 다하여 호박 손을 삶아 먹이고 천지신명님께 유산 되지 말라고 빌었는지 어떻게 되었는지 좌우지간 비치던 피 빛이 사라지고 내 몸에 힘이 돌아오는 거예요. 그래서 이상하다 싶어서 의사에게 가서 진단을 받아봤더니 의사도 깜짝 놀랐어요.

"부인, 이건 기적입니다. 아이가 자리를 잘 잡고 앉았어요. 부인이 조심만 하면 이 아이는 잘 성장하겠어요."

"선생님, 감사합니다. 선생님, 고맙습니다."

나는 의사가 그런 것도 아닌데 의사에게 몇 번인지 모르게 고맙다는 인사를 하고는 병원을 나왔어요.

그런데 모든 것이 잘 되었는데 문제는 내가 아이를 낳고 조리를 할 동안까지의 생활비가 문제가 되었어요. 그래서 창훈 씨한테 어쩌면 좋겠느냐고 했더니 자기가 취직을 하겠다고 했어요.

"여보, 고마워요. 너무 걱정은 마세요. 아직은 통장에 돈이 좀 있어요. 그러니까 서두르진 마세요. 정 안되면 빌려서라도 쓰면 되니까 너무 걱정하진 마세요."

"알았어요. 많이는 벌지 못하겠지만 내가 알고 있는 잡지사가 하나 있어요. 가서 사정을 말하면 들어줄 거요."

창훈 씨는 그렇게 나가서 잡지사에 취직을 했어요. 연예 쪽 잡지였어요. 요즘은 안 그러겠지만 옛날엔 연예 쪽 잡지 기자는 봉급이랄 수도 없는 봉급을 받았어요. 그 대신 배우나 탤런트 등을 상대하며 기사를 써주는 조건으로 뒷돈을 얼마씩 받았는데 창훈 씨는 정직해서 그것을 잘못하니까 그냥 적어도 봉급만 받아왔어요.

어쨌든 나한테는 창훈 씨의 그런 모습이 너무나 믿음직하고 의지가 되었어요. 그래서 편안한 마음으로 아무 스트레스도 안 받고 열 달을 잘 채워서 아주 건강한 아이를 낳았어요. 적은 봉급이었지만 그렇게 집에 앉아서 아이나 잘 키웠더라면 내 인생이 또 어떤 모습이 되어 있을지 모르겠죠. 그런데 아이를 낳고 보니까 아이의 미래를 위해서 빨리 돈을 벌어야겠다는 의욕이 홍수처럼 내 가슴을 치며 솟구쳐 오르는 거예요. 그것은 도저히 진정시킬 수 없는 욕망이었어요.

"여보, 죄송한데요. 당신 잡지사 그만 두시고 아이 키우며 글이나 써세요. 돈은 내가 나가서 벌게요."

아이를 낳은 지 한 달 후, 나는 결심을 하고 창훈 씨에게 말했어요. 그러자 창훈 씨가 펄쩍 뛰며 반대했어요.

"여보, 아이 키우며 그냥 있어요. 돈은 아이를 좀 키워놓고 벌어도 늦지 않아요. 아이 낳은 지 한 달밖에 안 되었는데 무슨 돈을 번다는 거예요. 제발 그냥 있어요. 모을 돈은 없지만 좀 적게 먹고 살아요."

"안돼요."

아이의 이름은 창훈 씨가 애리라고 지어주었어요.

"애리가 자라기 전에 빨리빨리 돈을 모아야 해요. 그래야 애리를 공부시킬 수 있다고요."

내가 아주 완강하게 고집을 부리자 창훈 씨는 황당하다는 표정을 감추지 못한 채 입을 꽉 다물고 있었어요.

나의 이 결심은 내 인생에서 가장 잘못된 결심이었고, 고집이었음을 세월이 많이 흐른 뒤에야 깨달아 알게 됐어요.

깨어진 환상의 거울

"그래서 어떻게 했습니까? 또 가게를 차리기라도 하셨습니까?"

나는 그 다음 일이 궁금해서 재촉하듯이 물었다. 그러자 지그시 눈을 감고 한참 깊은 생각에 잠겨 있던 진 여사가 다시 뭔가가 생각난 듯 눈을 뜨고는 얘기를 계속했다.

나는 창훈 씨의 반대를 뿌리쳤어요. 애리의 미래를 위해 돈을 벌어야 된다는 명분으로 창훈 씨의 간곡한 반대를 뿌리쳤어요. 그리고는 다시 친구 수정이를 찾아가서 돈을 천만 원만 빌려달라고 했어요. 부동산 투기 붐이 지나가서 '선물의집'은 한물 간 때였어요. 그래서 돈을 조금 더 빌려서 이번엔 마을 입구에다 작은 가게를 하나 얻어서 양품점을 해보고 싶었어요. 그래서 천만 원을 빌려달라고 했어요. 그랬더니 수정이가 넌 신용이 좋아서 은행보다 미덥다며 천만 원을 선뜻 빌려줬어요. 그래서 내 계획대로 그렇게 양품점을 개업하게 됐어요.

창훈 씨는 어쩔 수 없다는 듯 잡지사에 사표를 내고 들어앉아서 이제 백일이 조금 지난 애리를 키웠어요.

창훈 씨는 정말 순하고 착했어요. 정직하고 성실하고 자상하고 사랑이 많았어요. 난 아직 태어나서 그런 사람은 만나보지 못했어요. 내 남편이어서가 아니라 창훈 씨는 일점도 나무랄 곳이 없었어요. 직업 선택을 잘못하여 남들처럼 돈을 펑펑 벌어오지 못하는 것 말고는 정말 어느 한 구석도 나무랄 곳이 없는 남자였어요.

그때까지만 해도 기저귀를 사용하던 때였었는데, 창훈 씨는 집에서 애리에게 시간 맞추어 우유를 먹이고, 빨래와 기저귀를 빨아서 말리고, 그리고 애리가 잠이 들면 그때서야 글을 썼어요. 무슨 글을 쓰는지 나는 관심도 갖지 않았지만 창훈 씨는 매일같이 뭔가를 열심히 썼어요.

어쩌다가 밖에 나갈 일이 생기면 시어머니를 불러다가 애리에게 우유를 먹이라고 했어요. 그런데 시어머니가 옛날 분이라 글도 잘 모르고 답답하니까 젖병에 표시를 해서 얼마만큼 우유를 넣고 얼마만큼 물을 넣고 얼마만큼 따뜻하게 해서 먹이라고 자세하게 설명하여 잘할 수 있도록 해놓고야 외출을 하곤 했어요.

어떤 날은 내가 저녁에 좀 늦게 들어와 부엌으로 들어가서 창훈 씨가 뭐하고 있나 가만히 엿보기도 했어요. 그럴 때면 창훈 씨는 애리를 품에 안고 자장가를 불러주고 있었어요."

"잘 자라- 잘 자라. 우리 아기야. 귀여운 너 잠 잘 적에 하느적 하느적 나비 춤 춘다-"

창훈 씨는 애리가 잠이 들 때까지 몇 번인지 모르게 그 자장가를 계속 부르고 또 불렀어요. 그 자장가를 듣고 있다가 나면 나도 잠이 들판이었어요. 창훈 씨는 그렇게 자상하고 매사가 섬세했어요.

창훈 씨의 정성을 다한 보살핌으로 애리는 무럭무럭 잘 잘 랐어요. 그래서 내가 장사를 끝내고 집에 갈 때면 애리에 관한 새로운 뉴스가 매일 창훈 씨의 입을 통해 나왔어요.

"여보, 애리가 오늘 처음으로 웃었다. 여보, 이봐 눈을 깜빡하니까 웃잖아! 봐!"

"어? 정말 웃네."

애리의 웃는 모습이 어떻게 그리도 예쁜지 나는 영원히 그 웃는 모습을 잊지 못할 거예요. 애리의 웃는 모습이 너무 예뻐서 나는 몇 번인지 모르게 웃게 하고 또 웃게 하면서 즐거워했어요.

세월은 잘 흘러갔어요.

어떤 날은 장사를 끝내고 집에 가면 창훈 씨가 또 다른 뉴스를 발표했어요.

"여보, 오늘은 우리 애리가 뒤집었어요. 바로 눕혀 놓으면 저 스스로 후딱 뒤집는다니까. 봐요."

"어머머, 정말 그러네. 정말 신기하게 뒤집네."

나는 애리가 스스로 뒤집는 모습을 보고 신기하고 기특해서 몇 번인지 모르게 뽀뽀를 해주곤 했어요.

어떤 날은 또 다른 뉴스를 발표했어요.

"여보, 오늘은 애리가 스스로 일어나 앉았어요. 봐요. 눕혀 놓으면 스스로 일어나 앉잖아요."

"어머, 정말 그러네. 정말 신기하게 일어나서 앉네. 아휴 귀여운 것!"

나는 애리가 정말 깨물어주고 싶도록 귀여웠어요. 하루 종일 장사하며 받은 스트레스도 애리를 보면 순식간에 정말 거짓말같이 죄다 사라졌어요.

그런데 참 이상한 것은 애리가 뒤집을 때라던가 일어나 앉을 때라던가 그럴 때마다 열이 나고 아팠어요. 그러면 창훈씨와 나는 애리가 죽는 줄 알고 병원으로 달려가서 방방 뛰었어요.

그러면 의사는 아무렇지도 않게 웃기까지 하면서 우리를 달랬어요.

"너무 걱정하지 마세요. 아이들은 성장할 때마다 아파요. 아프고 나면 한 계단씩 자라 오르는 겁니다."

그래도 우리는 애리가 열이 펄펄 나기라도 하면 죽는 줄 알고 밤새도록 잠도 못자고 걱정하고는 했어요, 그때는 해열제를 미리 준비해 놓는 것도 몰랐고, 아이가 아파야 병원에 가고는 했는데, 밤중에 갑자기 열이 나면 정말 어쩔 줄을 모르겠더라고요.

아무튼 애리는 그렇게 한 계단 한 계단 뛰어 오르며 자랐어요. 앉는가 하더니, 얼마 지나지 않아서 일어서더라고요. 일어서기에 보잉기를 사다가 태웠더니 보잉기를 어떻게 잘 끌고 다니는지, 아이를 키워보지 않고는 그 즐거움을 결코 모를 거예요.

나는 지금도 가끔씩 사람을 만든 신께 감사해요. 신이 사람에게 자식을 낳아서 키울 수 있는 은혜를 주지 않았더라면 사람의 일생이 얼마나 지루할까? 그런 생각을 해요. 아이 때문에 만사를 잊고 아이 때문에 힘과 용기를 내어 이 세상을 헤쳐 나왔다는 생각을 해보면 정말 사람에게 자식은 신이 준 최고의 큰 선물이라 아니할 수 없는 것 같아요.

창훈 씨와 나는 그렇게 애리를 키우는 재미에 빠져서 순식간에 3년이란 세월을 하루같이 보내며 살았어요.

그런데 불행하게도 양품점이 '선물의집'할 때처럼 잘 안 되는 거예요. 일 년 동안은 그럭저럭 현상유지를 했는데 2년째 들어서는 현상유지도 잘 안 되는 거예요. 그러는 바람에 여기저기 조금씩 빚을 지게 됐어요. 하지만 창훈 씨에게는 그런 말을 하지 않았어요.

그런 어느 날이었어요. 가게 세를 못 내고 있는데 주인이 와서 가게 세를 제때 안 낸다고 있는 대로 잔소리를 하고 가는 거예요. 그래서 잔뜩 화가 나 있는데 수정이한테서 전화가 왔어요. 그래서 전화를 받았더니 수정이가 내 사정도 모르고 신랑 자랑을 늘어놓는 거예요.

"얘, 있잖아. 우리 그이가 말야. 요번에 나한테 그동안 아이 키우며 수고했다며 3백만 원짜리 진주목걸이 해줬다. 그뿐이 아니야. 내 차도 한 대 사줬다. 내가 싫다고 그러는데도 사모님이 자가용이 없으면 체면이 말이 안 된다며 글쎄 외제차를 한 대 사줬다. 친구야, 오늘은 왜 이렇게 네가 고맙고 감사하다는 생각이 드는지 몰라. 네가 만일 우리 그이를 나한테 소개하지 않았다면 나는 아직도 동대문 시장에서 옷을 팔고 있을 거야, 그렇지? 여자는 두룽박팔자라더니 나야말로 두룽박 팔자였나 봐. 난 행복해 죽겠다, 호호호……"

친구 수정이가 그렇게 있는 대로 자기 남편 자랑을 하다가 전화를 끊는데, 갑자기 무슨 칼이라도 맞은 것 같이 내 가슴이 아팠어요. 지금까지 나를 사로잡고 있던 환상의 거울이 와장창 깨지면서 표현할 길 없는 후회와 원망이 아주 폭풍같이 강하게 엄습해왔어요.

'아이 복 없는 년, 굴러오는 복을 차버리고 쪽박을 집어. 못난 년! 그냥 두 눈 딱 감고 똥자루 횟집사장한테 시집갔더라면 내 신세가 확 펴졌을 것 아니야. 내 눈을 내가 콱 찔렀어!'

그렇게 몰려온 후회와 나 자신에 대한 원망이 갑자기 창훈씨에게 몰려갔어요.

'뭐 백마 탄 왕자? 내가 미쳤어. 왕자는 무슨 얼어 죽을 왕자야! 아내를 평생 고생시킬 글쟁이! 백년서생! 아휴 내가 미쳤다 미쳤어!'

고달픈 생활이 창훈 씨를 향해 머물러 있던 존경심을 송두리째 깨부수고 있었어요. 환상이 깨어지고 나자 창훈 씨가 미워지고 짜증의 대상이 되는 거예요. 그러면서 나는 내가 어렵게 쌓아올린 행복탑을 무자비하게 부수고 있었어요.

무너진 행복탑

"행복탑을 무자비하게 부셨다니 그건 또 무슨 얘기에요?"

진 여사가 한참 얘기하다가 또 뭔가 괴로운 듯 입을 꽉 다물었다. 그래서 나는 안달하듯이 볶았다.

"계속 얘기해 봐요. 도대체 행복탑을 어떻게 부셨다는 겁니까?"

"그게 말이에요."

진 여사는 한참 생각한 뒤에야 말했다..

그날 집에 갔는데요. 지금까지 백마 탄 왕자로만 보였던 창훈 씨가 갑자기 내 신세를 망친 형편없는 백수로 보이는 거예요. '그때 나타나지만 않았더라면 그 차성태 사장과 결혼했을 텐데 하필이면 그때 그 절대 절명의 순간에 나타나서 내 마음을 뒤죽박죽 만들고 내 팔자를 쪽박으로 만들다니, 아휴 정말 미워. 생각할수록 미워'⋯⋯창훈 씨가 나를 향해 반갑게 인사하는 그 모습을 보는 순간에 더욱 미움이 솟구쳤어요.

"여보, 고생했지요?."

창훈 씨가 다정하게 인사했어요. 다른 날 같으면 으레 '고생은요. 하루 종일 당신과 애리 생각하며 행복하게 지냈어요.' 그랬을 텐데, 그 날은 잔뜩 짜증난 얼굴로 투정을 부리듯 냉정 맞게 대꾸했어요.

"고생이지, 그럼 뭐 장사하는 게 행복인가? 아이 짜증나!"

"여보, 왜 그래요. 무슨 일이 있었어요?"

창훈 씨가 내 태도를 보고는 나를 살피며 걱정스레 물었어요. 그때도 나는 표독스럽게 대꾸했어요.

"무슨 일이 있었으면 해결책이 있나요. 맨주먹이 재산인데 맨주먹으로 뭘 하겠어요. 맨주먹 가지고 가봐야 호떡도 하나 안 줄 걸."

"여보, 왜 그래요. 오늘 애리가 한발 걸었단 말예요."

"한발 걸었는지 말았는지 그게 나하고 무슨 상관이 있어. 아이 짜증나!"

나는 도무지 치솟는 울화와 짜증을 감당할 수가 없어서 주전자를 집어서 부엌 바닥에 내동댕이치며 내 신세타령을 했어요.

"아이 난 무슨 년이 이렇게 복이 없을까! 굴러오는 복도 차버린 년이니 될 일이 뭐가 있겠어! 아, 다 엎어버리고 싶다! 아아!"

나는 흡사 미친 듯 꽥꽥 소리를 질렀어요. 그러자 창훈 씨가 깜짝 놀라며 나를 나무랐어요.

"여보, 제발 그만해요. 애리가 놀래겠어요. 제발 그만하라고요."

"아 흐흐흑……"

나는 치솟은 감정을 도저히 어떻게 인내할 수가 없어서 그대로 폭발시켰어요. 엉엉 소리 내어 울었어요. 내 신세를 생각하니까 너무나 한심하고 슬퍼서 대성통곡을 했어요,

창훈 씨는 그런 나를 보면서 어쩔 바를 몰라 했어요. 무슨 일이 있었다는 것은 직감한 것 같았지만 진짜 내 속을 창훈 씨가 어떻게 알 수가 있었겠어요. 그러니 더 어떻게 말도 못하고 안절부절 못하고 있었어요. 그렇게 내가 객기를 부린 것은 창훈 씨를 만나고 결혼한 후 처음 있는 일이었어요.

얼마나 그렇게 신세타령과 객기를 부려가며 울었는지 몰라요. 그렇게 울다가 정신을 차리고 보니까 창훈 씨는 애리가 걱정이 되었는지 애리를 데리고 방에 들어가서 방문을 꼭 닫다 놓았더라고요.

'내가 미쳤지, 이제 와서 이런다고 쪽박이 대박 될 것도 아닌데 내가 왜 이래. 내 눈을 내 스스로 콱 찔러놓고 이제 와서 누구를 탓하고 원망한단 말인가? 이미 엎질러진 물 아닌

가? 내 팔자라 생각하고 참고 참으며 살자. 애리를 위해서도 용기를 내어 살자고!'

나는 가까스로 그렇게 나 스스로를 달래고 진정시켜서는 방으로 들어갔어요.

창훈 씨는 애리를 품에 안고 자장가를 부르고 있었어요.

이윽고 애리가 잠이 들었는지 눈을 감고 가만히 있었어요. 그러자 창훈 씨는 애리를 자리에 가만히 눕혔어요. 그러고는 나보고 밖으로 나오라고 했어요. 그래서 밖으로 나갔어요.

부엌에 의자가 두 개 있었어요. 창훈 씨가 한 의자에 앉으며 나 보고는 다른 의자에 앉으라고 했어요. 그래서 나는 말없이 창훈 씨를 바라보며 앉았어요. 그러자 창훈 씨가 내 눈치를 살피며 말했어요.

"오늘 무슨 속상한 일이 있었나 봐요?"

"응, 조금…."

"어떤 일이 있었는지는 묻지 않겠어요. 아무튼 애리를 바라보며 모두 잊으세요. 참고 살다보면 반드시 좋은 날도 올 거예요."

'언제? 어느 세월에 좋은 날이 온다는 거야. 이 답답아! 이 백수야! 맨주먹으로 무슨 얼어 죽을 좋은 날을 만나다는 거야, 이 멍청한 바보야!'

나는 그렇게 소리치고 싶었으나 꾹 참았어요. 그리고 잠시라도 백마 탄 왕자를 백수로 바라보며 한탄했던 나 자신을 스스로 부끄러워하며 창훈 씨에게 사과를 했어요.

"창훈 씨, 정말 미안해요. 오늘 주인여자가 월세를 제날짜에 안 낸다고 잔소리를 해서 나도 모르게 신경이 날카로워졌어요. 그래서 나도 모르게 그렇게 당신한테 짜증을 부렸던 거예요. 이해하고 용서해주세요."

"여보, 난 이해해요."

창훈 씨가 내 손을 다정히 잡아주며 따뜻한 미소로 위로했어요.

"사람을 상대해서 돈을 번다는 것은 그 자체도로 스트레스가 될 수 있어요. 하지만 꾹 참고 살아요. 내 비록 지금은 요 모양이지만 언제가 한 번은 멋진 베스트셀러 작가가 될 겁니다. 그때가 오면 당신의 모든 수고를 한 번에 다 보상할 거예요."

'그날이 언제 온다는 거예요. 그 뜬구름 잡는 베스트셀러가 어느 세월에나 온다는 거예요. 세상은 각박하고 하루하루가 무서운 전쟁인데 당신은 언제까지 그렇게 환상에 젖어서 살 거예요. 도대체 언제까지 그렇게 헛된 꿈만 꾸며 살 거냐고요!'

나는 그렇게 소리치며 반박하고 싶었어요. 하지만 꾹 참고 좋게 대꾸했어요.

"기다릴 게요. 당신이 베스트셀러작가가 되는 그날까지 기다릴 게요. 꿈은 이루어진다 하였고 뿌린 씨앗은 반드시 싹이

나고 자라서 언젠가는 꽃이 피고 튼실한 열매가 열린다고 했으니까 당신의 나무에도 언젠가는 꽃이 피고 튼실한 열매가 열릴 거예요. 난 믿어요. 난 당신을 절대적으로 믿고 있어요."

"여보, 고마워요. 정말 고마워요. 나를 그렇게 믿어줘서 정말 고마워요."

창훈 씨는 마음에도 없이 말한 내 위로의 말에 감동하여 눈물까지 글썽거리며 진심으로 나를 고마워하며 따뜻하게 나를 힘껏 포옹해 주기도 했어요.

그러나 내 마음은 돌아서지 않았어요. 한번 터진 구두는 손질을 해도 또 터지듯 한번 깨진 환상은 다시 원상복구가 되지 않았어요. 옛날처럼 백마 탄 왕자로 바라봐야지 하는 마음은 잠시 뿐이고 무능한 백수의 모습만이 내 앞에 어른거려서 미칠 지경이었어요.

그런 나에게 정말 상상도 못한 폭탄 같은 현실이 다가오고 있었어요.

이상한 손님

진 여사는 다시 괴로운 듯 지그시 눈을 감고 무슨 생각인가를 깊이 하다가 천천히 눈을 떴다. 그리고 나를 바라보며 말했다.

"정말 이상했어요. 한번 깨어진 환상은 아무리 원상복구를 시키려 해도 잘 되지 않았어요. 내 마음은 자꾸만 창훈 씨를 백마 탄 왕자로 보고 싶은데 또 다른 내 마음 한쪽은 그것을 적극적으로 반대하고 나섰어요."

'빨리 깨어나라! 환상에서 빨리 깨어나라! 대박을 버리고 쪽박을 찬 이 바보 등신아! 어서 빨리 정신을 차려!'

나는 그런 나 자신의 갈등 속에서 갈팡질팡하며 살게 됐어요. 그러다가 보니까 양품점이 잘 될 턱이 없었어요.

그런 어느 날, 아침이었어요. 어찌어찌하다가 석 달이나 가게 세를 못 내게 되었는데 주인이 와서 불난 집에 부채질을 하듯 또 내 화를 돋구었어요.

"그렇게 장사가 안 되면 가게를 비워요. 다른 사람들은 다 이 가게에 들어와서 모두 돈을 벌고 갔는데 왜 이집만 이러는지 몰라. 정말 별일이고 별꼴이야. 한 달도 아니고 석 달씩이나 월세를 안 내고도 무슨 할 말이 있다고 만날 말대꾸야! 안 되겠으면 이번 달로 가게 비워요!"

장사가 안 돼서 가슴이 타고 있는 사람을 찾아와서 주인이라는 작자가 그렇게 복장을 쑤셔놓고는 갔어요.

"아이 정말 내가 미쳐! 내가 거짓말을 했나. 장사가 안 되는 걸 안 된다고 그랬는데 왜 저럴까 정말."

차마 주인에게 대들지는 못하고 주인이 가고 난 뒤에 똥이라도 밟은 사람처럼 투덜투덜 중얼거리고 앉아 있었어요.

그때 전화가 왔어요. 받았더니 친구 수정이었어요.

"얘, 유미야 난 역시 복이 많은 여잔가 봐. 글쎄 우리 그이가 요번에는 또 다이아반지 해줬다. 결혼할 때 너무 작은 것 해줘서 미안하다며 요번엔 글쎄 천만 원짜리 해줬다. 유미야, 어때, 난 역시 복이 많은 여자지."

"그래. 맞아 넌 역시 복이 많은 여자야."

수정이는 걱정으로 불붙어서 몸부림치고 있는 나에게 계속 부채질을 했습니다.

"유미야, 놀라지 마라, 우리 그이가 요번엔 내 앞으로 아파트하나 사줬다. 그리고 우리 친정집에도 차 한 대 사줬다. 내가 복이 많다면서 말야. 내가 자기와 결혼한 뒤 그렇게 장사가 잘 된대나 어쩐대나. 유미야, 나 복 많지?…."

수정이는 그렇게 내 심정을 전혀 모르고 제멋대로 시간을 끌어가며 열심히 자랑을 하다가 전화를 끊었어요.

"아이 정말 짜증나!"

주인에게 당하고, 친구에게 열 받고 정말 있는 대로 짜증이 나서 뭔가 한바탕 싸움이라도 벌이고 싶은 심정이 되어 넋을 놓고 자리에 앉아있었어요.

그때 괜찮은 손님이 한 분이 들어왔어요. 어떻게 보면 노처녀 같기도 하고 어떻게 보면 아주머니 같기도 한 숙녀 한 분이 옷을 잘 차려 입고 가게로 들어왔어요.

"어서 오세요."

나는 번쩍 정신을 차리고 일어나서 손님을 반갑게 맞았어요.

손님은 키도 보통이고, 몸매도 괜찮고, 얼굴도 갸름하니 미인 형이었어요.

그런데 그 야릇한 손님이 진열해 놓은 옷을 이것저것 살펴보다가 문득 나를 바라보며 뜻밖의 질문을 했어요.

"요즘은 장사가 잘 되세요?"

"장사요?"

나는 그 여자의 질문이 어쩐 일인지 무척 역겨웠어요. 그래서 나도 모르게 심통스럽게 대답했어요.

"장사가 안 된다 안 된다 해도 요즘 같이 장사가 안 되는 때는 정말 없었던 것 같아요. 요즘 같으면 누가 남편을 팔라고 하면 팔고 싶은 심정이에요."

"남편을 판다고요?"

그 여자가 정말 뜻밖이라는 듯 정색을 하고는 나를 똑바로 바라보며 질문했어요.

"정말 누가 남편을 팔라고 하면 팔겠다는 거예요?"

"물론이죠. 요즘 내가 그렇게 돈 가뭄에 울고 있어요."

"한 마디 묻죠. 만일 누가 사장님의 남편을 사겠다고 한다면 얼마에 팔 생각이에요."

나는 그 여자가 농담으로 그렇게 묻는 줄 알고 농담으로 웃으며 대꾸했어요.

"그래도 아직 사십도 안 된 남편이니까 10억 정도는 준다 해야 팔지 않겠어요?"

"누가 10억 준다고 하면 남편을 정말 파실 거예요?"

"물론이죠. 많이 아쉽긴 하겠지만 그래도 십억이면 제값을 받은 금액이 아닐까요."

"호호호…."

그 여자가 갑자기 배를 잡고 까르르 웃음을 터뜨렸어요.

나는 그 여자가 웃음을 그칠 때를 기다렸다가 의아해하며 물었어요.

"왜 그렇게 웃으세요?"

"남편을 팔고 살 수도 있다는 생각을 하니까 갑자기 우스워져서 웃었어요."

"호호호…."

이번엔 내가 웃음을 터뜨렸어요.

이번엔 그 여자가 나한테 질문했어요.

"왜 그렇게 웃으세요?"

"제 남편을 살 사람이 있을지 모르겠지만 남편을 10억이나 받고 팔겠다는 생각을 한 내 생각이 어쩌면 기발하기도 하고, 어쩌면 한없이 맹랑한 짓이다 싶어서 웃었어요."

"그래요?"

그 여자가 사뭇 야릇한 표정으로 나를 바라보며 다짐하듯 말했어요.

"만일에 내가 나중에 마음이 변해서 사장님 남편을 사고 싶은 마음이 생겨서 사러올 때 안 판다고 하면 안 된다는 거 잊지 마세요."

"예, 예, 10억만 준다하면 저는 언제든지 팔 수 있어요."

"약속했어요?"

"예, 예…."

나는 농담 반 진담 밤으로 고개를 크게 끄덕이며 자신 있게 약속했어요.

그 여자는 나한테 그런 약속을 다짐받고는 옷을 하나 사서 웃으며 갔어요.

그날 밤, 나는 집에 가서 낮에 있었던 일을 창훈 씨에게 모두 얘기했어요. 그랬더니 창훈 씨도 내 말을 농담으로 생각하는 듯 농담처럼 말했어요.

"10억이면 너무 비싸지 않나? 이름도 없는 무명의 소설가를 10억이나 주고 살 사람이 있을까?"

"왜요? 당신은 아직 나이 40도 안 된 싱싱한 문학가에요. 10억이 적었으면 적었지 많다고는 볼 수 없다고요."

그러면서 창훈 씨와 나는 배를 잡고 한바탕 웃었어요. 그런 일은 꿈에도 상상할 수 없는 일이라 생각하며 그렇게 한가하게 웃기까지 했던 거예요.

그런데 내가 농담으로 했던 그 말이 우리 가정에 핵폭탄 같은 위력으로 폭풍처럼 몰려왔어요.

남편을 10억에 사겠다는 여자

나는 드디어 남편을 10억에 팔아먹을 일이 목전에 다가옴을 느끼고 어떤 짜릿한 긴장감까지 느끼며 진 여사를 바라보고 있었다.

이윽고 진 여사가 다시 입을 열어 말하기 시작했다,

그 여자가 그러고 간 뒤 일주일이 지난 어느 날이었어요. 그 여자가 다시 내 가게로 들어왔어요. 나는 그 여자가 또 옷을 사러 왔으려니 생각하고 반색을 하며 맞이했어요.

"어서 오세요, 단골손님. 오늘은 또 어떤 옷을 사시겠어요?"

"저기요."

그 여자가 나를 잠시 바라보며 뭔가를 망설이다가 말했어요.

"오늘은요. 옷을 사러온 것이 아니고요. 사장님의 남편을 사러왔어요."

"손님은 농담도 잘하시네요."

나는 그 여자가 농담을 하고 있다고 생각했어요. 그런데 그 여자가 정색을 하고 말했어요.

"농담 아녜요. 난 진짜 사장님의 남편을 사러왔어요."

"뭐라고요?"

그때서야 나는 눈을 똥그랗게 떴어요. 그리고는 입을 떡 벌린 채 그 여자를 잠시 바라보고 있다가 가까스로 진정을 하고는 진지한 표정으로 되물었어요.

"진짜로, 진짜로 내 남편을 사러 오신 거예요?"

"예, 진짜에요. 왜 진짜로 사러 왔다니까 팔기 싫어졌나요?"

"아, 아녜요. 그런 것이 아니라 갑자기 그렇게 말하니까 내가 어떻게 해야 될지 얼른 생각이 안 나서요."

나는 놀라고 당황한 아주 혼란스런 상태로 얼렁뚱땅 대답했어요. 그러자 그 여자가 정색을 하고 말했어요.

"그럼 사장님한테 생각할 수 시간을 줘야겠군요. 본격적인 문제는 이틀 쯤 지난 뒤에 얘기하도록 하죠. 그러면 되겠어요?"

"그런데 실례지만 값은 얼마에?"

"저번에 말씀했잖아요, 10억이라고, 더 받을 생각이세요?"

"아, 아녜요. 10억이면 충분해요."

"그럼 이틀 후에 다시 올 게요. 그때까지 팔 것인지 말 것인지 확실한 대답을 주세요. 전 그럼 이만……"

그 여자가 그러고는 돌아서서 가게에서 나갔어요.

그러나 나는 얼빠진 여자가 되어서 인사도 잊은 채 그 자리에 멍하니 한동안 서 있었어요.

얼마나 그렇게 넋을 놓고 서 있었는지 몰라요. 가까스로 정신을 가다듬어 자리에 앉았어요. 그리고 꿈인지 생시인지 도무지 분간이 되지 않아서 내 허벅지를 꼬집어 봤어요. 허벅지가 아팠어요. 분명 꿈이 아닌 생시였어요.

나는 그 당시 완전히 코너에 몰려 있었어요. 가게 세를 석 달 못 낸 것은 아무것도 아니었어요. 수정이에게 5개월간 이자도 못줬고, 다른 친구에게도 수백만 원을 꿔다 썼어요. 그리고 도매점에도 상당한 줄 돈이 있었어요. 그대로 간다면 수개월 안에 우리 집은 부도가 아닌 파탄이 날 위기에 직면해 있었어요. 이럴 때에 정말 꿈같이 정말 거짓말같이 남편을 10억에 사겠다는 사람이 나타난 거예요. 말이 10억이지 당시 이층단독을 삼천만 원 정도면 살 수 있었을 때니까, 얼마나 큰 돈입니까. 거금이에요. 그야말로 큰돈이었어요.

나는 정신을 가다듬고 애리와 나를 생각했어요.

'그래, 어차피 내가 돈을 잘 벌기는 틀려 있어. 이대로 간다면 가정이 파탄날 것이고 그러면 우리 애리도 나처럼 공부도 못해서 밑바닥 인생으로 살게 되겠지. 난 그렇게는 못해. 그건 정말 싫어. 창훈 씨를 10억에 판다는 건 정말 말이 안 되는 일이지만 살 사람이 있으니까 팔자. 그게 나도 살고 애리

도 살고 창훈 씨도 사는 길이야.'

나는 그렇게 간단히 마음정리를 했어요. 그리고 일찍 가게 문을 닫고 집으로 갔어요.

"여보, 어떻게 된 거요? 오늘 어떻게 이렇게 일찍 집에 온 거요?"

"장사도 별로고 해서 창훈 씨와 애리와 함께 지내려고 왔어요."

"잘 왔어요. 장사가 안 될 땐 쉬어가며 할 필요도 있어요."

창훈 씨는 영문도 모르고 좋아했어요.

그러나 나는 내 마음이 아니었어요. 어떻게 어떤 방법으로 창훈 씨에게 그 말을 꺼내야 될지 몰라서 끙끙거리고 있었어요.

그날 밤, 저녁을 좀 일찍이 먹고 세 살 된 애리를 유모차에 태우고는 부근에 있는 뚝방길로 바람을 쏘이러 나갔어요. 그러면서 나는 어떻게 창훈 씨에게 그 이야기를 할 것인가를 궁리하고 있었어요.

얼마 후, 우리 부부는 뚝방길 옆에 놓여 있는 벤치에 나란히 앉아 말없이 뚝방 저쪽을 바라보고 있었어요.

"창훈 씨?"

나는 한참을 생각하고 망설인 끝에 용기를 내어 입을 열었어요. 영문도 모르는 창훈 씨는 나를 바라보며 밝은 모습으로 대답했어요.

"왜 그래요? 무슨 할 얘기라고 있어요?"

"창훈 씨, 만일에, 만일에 말이에요. 누가 창훈 씨를 10억쯤에 사겠다는 여자가 나타난다면 난 팔아야 될까요? 말아야 될까요?"

"그야 당연히 팔아야죠. 10억이면 거금인데 안 팔면 바보죠."

창훈 씨는 한번 생각해보지도 않고 너무 쉽게 대답했어요.

나는 잠시 의아해하다가 정색을 하고 되물었어요.

"창훈 씨, 내가 지금 농담하고 있는 게 아녜요. 진짜로 그런다면 어떻게 하겠냐고요."

"진짜로 나를 10억에 살 여자가 하늘아래 어디에 있겠어요. 또라이가 아니고는 그런 사람이 없어요."

"만일에 그런 또라이 여자가 나타나면 어떻게 하면 좋겠냐고요?"

"그럼 두 말할 것도 없이 팔아야죠."

"왜 팔아야 되죠?"

"생각해봐요. 당신은 집도 한간 없고 장사도 잘 안 되고 있는데, 10억이 작은 돈이에요. 누가 나를 10억에 사겠다면 당신은 두말 말고 팔아서 부자 되세요."

"창훈 씨, 지금 진심으로 하는 말이에요?"

나는 창훈 씨가 웃기까지 하며 너무 쉽게 대답하는 것을 보고는 정색을 하고 확인하듯 다시 물었어요.

"다음에, 만일 이 다음에 내가 창훈 씨를 팔려고 할 때 딴 말하기 없기에요."

"그래요. 내 절대로 딴말 안하겠습니다. 세상에 어떤 또라이 여자가 나를 10억이나 주고 사겠어요. 안 그래요?"

"어쨌든 지금 창훈 씨는 약속했어요. 다음에 절대로 딴말하면 안돼요."

"예, 예, 절대로 딴말하지 않겠습니다. 그러니까 나를 10억에 팔 수 있다면 어디 한번 팔아보시지요, 하하하……"

창훈 씨는 내가 농담하는 것쯤으로 알았는지 껄껄 웃기까지 했어요.

어쨌든 나는 마음이 편했어요. 창훈 씨가 내 말을 농담으로 알고 그랬든 어쨌든 일단 자기를 팔아도 좋다고 흔쾌히 승낙을 했기 때문에 나는 아주 편안한 마음으로 창훈 씨를 매도할 계획을 짜기 시작했어요.

그러나 일이 내 뜻대로 잘 진행되기는커녕 내가 상상도 못 했던 평지풍파만 일어났어요.

그녀의 이름은 백장미

진 여사가 이야기를 중단하더니 또 지그시 눈을 감고 입을 꾹 다문 채 뭔가 깊은 생각에 빠졌다.

나는 그 뒷얘기가 듣고 싶어 안달이 날 지경이었으나 진 여사의 복잡한 감정을 고려해서 입을 꾹 다물고 진 여사가 이야기를 시작할 때까지 가만히 기다리고 있었다.

이윽고 진 여사가 그때의 모든 일들을 기억했는지 감았던 눈을 뜨고는 다시 이야기를 계속했다.

창훈 씨가 일단 허락했기 때문에 나는 창훈 씨를 팔기로 작정했어요. 처음 만났을 때처럼 창훈 씨가 백마 탄 왕자로 보였다면 절대로 팔 생각을 못했겠지만 아무짝에도 쓸모없는 맨주먹뿐인 백수로 전락해 버린 창훈 씨인지라 조그마한 아쉬움이나 아까움이나 미련 같은 것도 남아있지 않았어요. 더 솔직히 말하면 생활고에 찌들고 찌든 나는 10억이란 돈에 눈이 홀까닥 뒤집혀버렸던 거예요. 별로 쓸모도 없고 버릴 수도 없는 건달 같은 남편을 10억이란 거금을 주고 사가겠다는데 이를 거절할 여자가 세상에 어디 있겠느냐는 생각이 나를 완전히 압도하며 사로잡았어요. 그래서 한번 망설임도 없이 창훈씨를 팔기로 결정한 거예요.

이틀 후, 남편을 10억에 사겠다고 약속한 그 여자가 약속을 어기지 않고 내 가게에 다시 나타났어요.

나는 귀한 손님이라 잘 맞이하여 자리에 앉히고 따끈따끈한 커피 한 잔을 대접했어요. 그리고 그 여자와 마주보고 앉았어요. 그러자 그 여자가 먼저 나한테 질문했어요."

"마음에 결정은 되셨는지요?"

"예, 결정했어요. 제 남편도 동의했어요."

"남편이요?"

그 여자가 정말 뜻밖이라는 듯 눈을 똥그랗게 떴어요. 그리고 확인하듯 되물었어요.

"정말 남편이 동의하셨어요?"

"예, 정말 동의했어요. 아주 좋아하며 흔쾌히 동의했어요."

"나는 걱정했는데, 정말 다행이네요. 그럼 계약서도 준비했겠네요?"

"오늘 당장 계약하자는 거예요?"

"쇠뿔은 단번에 빼라고 했는데 기왕 계약할 것이면 길게 끌

이유가 없잖아요."

"근데요. 대단히 죄송한데요, 하나만 묻겠어요."

나는 도대체 그 여자가 창훈 씨를 알고나 있는지 그게 궁금해서 물어보았어요.

"제 남편에 대해서 알고 계신가요?"

"물론이죠. 물건도 모르고 사겠다는 사람이 있겠어요. 그것도 10억이라는 거금을 투자하는 건대요."

"실례지만 얼마만큼 알고 계세요?"

"궁금하면 말씀드리죠. 이름은 윤창훈, 신문 신춘문예 단편소설 당선자, 두 편의 장편소설 발표. 제가 알고 있는 것은 이 정도에요."

"그런데, 그런 사람을 10억이나 들여서 정말 사겠다는 거예요?"

"물론이죠. 그러니까 이렇게 사러온 것 아녜요."

"정말 저로서는 도대체가 이해가 잘 안 되네요."

"그러실 테죠. 사람마다 사람을 판단하는 기준과 가치관이 다르니까요. 그런 건 지금 우리가 할 얘기가 아닌 것 같네요. 계약서를 만드셨으면 한번 보여주세요."

"남편을 매도하는 계약서는 세상에서 구할 수가 없었어요. 그래서 제가 부동산 계약서를 보고 한번 만들어 봤어요. 보시고 고칠 점이 있으면 말씀해주세요."

나는 그러고는 내가 만들어놓은 계약서를 그 여자에게 내밀었어요.

계약서는 아래와 같이 작성되어 있었어요.

남편매도 계약서

1. 계약 편이 상 매도인 진유미를 갑이라 하고 매수인 ***을 을이라 한다.
2. 갑은 을에게 남편(윤창훈)을 10억에 매도한다.
3. 을은 갑에게 10억을 주고 갑의 남편(윤창훈)을 인수한다. 인수한 순간부터 남편(윤창훈)은 을의 남편이 된다.
4. 을은 남편(윤창훈)을 인수한 후부터는 남편(윤창훈)을 책임지며 그 후 일어난 일에 대해서는 어떤 것도 갑이 책임지지 않는다.
5. 갑과 을은 상기의 조건하에 본 계약을 체결한다.

그 여자는 계약서를 읽어보고 검토한 후에 나를 보며 말했어요.

"제 이름을 말 안했군요. 제 이름은 백장미에요. 기록하세요."

"예."

나는 얼른 메모지에 백장미라는 이름을 기록했어요. 그러자 백장미가 나를 바라보며 담담한 표정으로 말했어요.

"법적인 문제는 제가 잘 모르지만 계약서는 이만하면 될 것 같기도 하네요. 하지만 이 계약서로는 계약이 어렵겠고 제가 일단 법률가와 상의해서 갑과 을에게 서로 피해가 안 되는 가장 이상적인 계약서를 준비해보겠어요. 저도 10억이나 투자하는 입장이니까 어떤 하자가 발생해서는 안 되잖아요."

"그렇죠. 하자가 있어서는 안 되죠."

나는 혹시라도 백장미가 계약을 안 하면 어쩌나 걱정이 되어서 넌지시 한마디 했어요.

"10억이 조금 비싸다 싶으면 얼마쯤 깎으셔도 됩니다."

"아뇨. 10억을 다 드리겠어요."

"아니, 왜 굳이 10억을 다 주겠다는 거예요?"

"어차피 내가 사는 거예요. 값이 적으며 그만큼 값어치가 떨어지잖아요. 그래서 난 10억에서 일 원도 깎기 싫어요."

"그러면 저는 좋아요. 파는 입장에서야 한 푼이라도 더 받는 게 좋잖아요."

"그렇겠군요. 그럼 제가 이 계약서를 검토해 본 뒤 아예 계약서를 잘 준비해서 이틀 후에 다시 올게요."

백장미가 그러고는 자리에서 일어났어요. 그래서 나도 얼른 자리에서 일어났어요. 돈이 급한 것은 나였어요. 그래서 초초한 마음에 다짐하듯 질문했어요.

"그럼 이틀 후에는 매매계약을 하시는 거예요?"

"그러죠 뭐. 계약서에 별 문제만 없다면 그날 10억을 완불로 드리고 계약을 완료할 수도 있어요."

"나로선 그래주었으면 좋겠어요."

나는 될 수 있는 한 빨리 매매계약이 완료되기를 바랐어요. 질질 시간을 끌다가 백장미가 난 당신 남편을 살 마음이 없어졌어요. 그러기라도 하는 날이면 모든 것이 끝날 일이기 때문이었어요.

어쨌든 백장미는 그러고는 또 홀연히 내 가게를 나가버렸어요.

나는 그녀를 보내고 잠시 생각했어요. 창훈 씨가 농담이 아니라 진짜 자기를 매도한다고 했을 때 쉽게 동의할 것이냐, 아닌가가 문제였기 때문이었어요.

'독하게 맘먹어야 돼. 독하지 않고는 안 돼, 독하게 설득해야 돼.'

나는 백장미가 내가 만든 계약서에 큰 이의를 달지 않는 것으로 보아 그대로 계약이 될 것으로 믿고 창훈 씨를 설득할 생각만을 하고 또 했어요.

그날 밤, 애리가 잠들기를 기다렸다가 나는 창훈 씨를 데리고 밖으로 나갔어요. 그리고 부엌에 의자를 놓고 마주 앉았어요. 그런 뒤에 내가 먼저 본론을 꺼냈어요.

"창훈 씨, 내가 저번에 창훈 씨를 10억에 살 사람이 있으면 어떻게 하겠느냐고 물었을 때 창훈 씨가 한번 생각도 한해보고 팔라고 했죠?"

"그랬었지요. 혹시 10억에 살 사람이 나타났으면 팔아요."

"창훈 씨, 나는 지금 진심을 말하고 있는 대요. 사실은요,

창훈 씨를 10억에 사겠다는 여자가 나타났어요."
"뭐라고요?"
창훈 씨는 내 태도가 심상치가 않자 그제야 놀란 얼굴로 새하얗게 굳어졌어요.
"진짜요? 그 말이 진짜란 말이에요?"
"그래요, 진짜에요. 이틀 뒤에 10억을 받고 계약을 하기로 했어요."
"아니, 그럼 그 말이 장난이 아니고 정말, 진짜였단 말이요?"
"내가 지금 그런 일을 장난으로 말할 사람이에요?"
"말도 안 돼."
"말이 왜 안돼요. 창훈 씨를 살 여자가 나타났다니까요."
"정말, 정말 나를 10억에 살 사람이 나타났단 말이요?"
"내가 지금 장난하자고 이런 얘기하는 줄 아세요. 천만에요. 진짜에요. 진짜 살 사람이 나타났다니까요."
"아아…뭐 이런…아아…"
창훈 씨가 도무지 이해가 안 된다는 듯 잠시 어쩔 바를 몰라 했어요. 그러나 나는 태연한 태도로 말했어요.
"나보다 젊고 나보다 훨씬 미인이었어요. 보고 싶으면 만나보시고 결정해도 되요."
"시끄러워요!"
창훈 씨가 도저히 더는 듣고 있을 수 없다는 듯 버럭 소리쳤어요.

"왜 그래요! 왜 날 가지고 이런 이상한 장난을 치고 그래요!"

"장난 아니라고 했잖아요. 몇 번 말해야 믿겠어요."

"만일 그게 사실이라면 난 결코 동의할 수 없어요."

"저번 날은 그렇게 하라고 해 놓고 이제 와서 왜 동의를 않겠다는 거예요?"

"난 당신이 장난치고 있는 줄 알았어요. 세상살이가 하도 따분하니까 장난치고 있는 줄 알고 내가 웃으며 동의한 거라고요."

"아무 말도 더 듣고 싶지 않아요. 애리는 내가 맡아 키우는 조건으로 당신을 10억에 매도할 거니까 그렇게 아시고 따라주세요."

"안 돼! 그건 안돼요! 내가 어떻게 당신과 애리를 떠나 다른 여자와 살 수 있단 말이요. 그건 죽기 전에 있을 수 없는 일이오! 결코 안 돼!"

내 말이 진심이라는 것을 느꼈는지 창훈 씨가 갑자기 돌변하여 버럭버럭 미친 듯 소리 지르며 반대했어요.

나는 뜻하지 않는 상황을 맞이하여 잠시 어떻게 대처해야 좋을지를 생각하고 있었어요.

발목을 잡은 계약서

진 여사가 거기까지 얘기하다가 또 눈을 감으며 입을 꽉 다물었다.

나는 또 기다려주었다. 그러자 진 여사가 한참동안 뭔가를 골똘히 생각하다가 이윽고 눈을 뜨고는 얘기를 계속했다.

솔직히 말하면 나는 그때 창훈 씨가 반대하든 말든 무조건 팔아넘길 생각을 했었어요. 그래서 창훈 씨가 절대로 안 된다고 방방 뛸 때 나는 나쁜 맘을 가지고 달래기도 했어요.

"창훈 씨, 일단 팔려갔다가 그 여자가 싫으면 다시 나한테로 오면 될 거 아녜요. 남자가 그것도 못해요."

"그건 사기잖아요. 명색이 10억이란 거금인데 그렇게 사기를 치면 되겠어요."

"난 나쁜 여자에요. 그러니까 더 이상 말하지 마세요. 애리와 나를 위해 창훈 씨가 큰 맘 먹고 희생해 주세요."

나는 창훈 씨한테 어떤 경우에라도 매도할 것이라고 아예 못을 딱 박아놓고 일을 진행시키려고 했어요.

그런데 이틀 뒤에 나타난 백장미 씨가 계약서를 내 앞에 내놓으며 여러 가지 문제점을 제기했어요.

"첫 번째와 두 번째는 그런대로 괜찮네요. 세 번째 항목부터 문제가 있어요."

"뭐가 문제라는 거죠?"

"을은 남편(윤창훈)을 인수한 후부터는 남편(윤창훈)을 책임지며 그 후 일어난 일에 대해서는 어떤 것도 갑이 책임지지 않는다, 라고 되어 있는데요. 이건 아니에요."

"뭐가 아니죠?"

"생각해봐요. 이 조건대로라면 남편(윤창훈)이 나한테 왔다가 이혼하고 다시 사장님한테 가면 그만이잖아요. 이런 조건은 사기를 칠 수도 있는 것이에요."

"그, 그렇기도 하겠군요."

나는 뭔가 나쁜 짓을 하려다가 들킨 것 같은 느낌을 받으며 표정을 애써 좋게 바꾸어서 말했어요.

"그럼 어떻게 하면 될까요?"

"이건요. 그렇게 하실 수 있을지 모르겠습니다만, 갑은 남편(윤창훈)을 계약 시에 데리고 와서 을이 보는 앞에서 을과의 혼인신고서에 서명을 하고, 을과 이혼하지 않고 평생 함께 살아야 되며 만일 남편(윤창훈)이 을이 싫다며 이혼을 요구할 경우에 갑은 그 즉시 을에게 10억을 반환해야 한다.”

“그것뿐인가요?”

“또 있어요.”

“또 뭔가요?”

“남편(윤창훈)과의 사이에 태어난 아이는 갑이 키우며 나중에 남편에게 양육비를 요구하지 않는다. 그리고 이 계약서는 공증을 받아 보관한다. 대강 이 정도는 손을 봐야 될 것 같은데, 이런 조건도 가능할까요?”

백장미 씨가 그러면서 내 눈을 똑바로 바라보았어요.

나는 거기서 멈출 수 없었어요. 그래서 얼른 흔쾌히 대답했어요.

“그러니까 쉽게 말하면 아이는 내가 책임을 지고, 남편(윤창훈)은 어떻게든 설득을 해서 갑과 을이 보는 앞에서 혼인신고서에 서약을 하고 을에게 인수되며, 영원히 을과 함께 살아야 된다. 만일 을의 곁을 떠날 때는 갑은 을에게 매도 금 10억을 무조건 반환한다. 이런 조건들을 수용하라는 것 아녜요.”

“네, 그래요. 가능할까요?”

“물건을 매도하려면 당연히 상대가 원하는 대로 해줘야 되잖아요.”

“그렇죠. 당연히 그래야겠죠.”

“좀 힘들긴 하겠지만 시간을 좀 주시면 제가 최대한 그이를 설득해서 그렇게 할 수 있도록 해 보겠어요.”

"또 하나…."
"조건이 또 있어요?"
"돈이 10억이에요. 최대한 문제를 미연에 방지해야 갑이나 을이나 모두 행복할 수 있는 거예요."
"하긴 그렇겠네요. 또 하나의 조건은 뭐예요?"
"일이 잘못되었을 경우 갑은 을에게 매도 금 10억을 반환할 뿐만 아니라 형사상의 책임도 진다."
"남편(윤창훈)이 말없이 가출했거나 했을 때도 갑이 책임을 져야 된다, 그런 뜻이에요?"
"그렇죠. 그래야만 제가 마음 놓고 10억을 투자할 수 있을 것 같아요."
"좋아요. 무조건 을의 조건을 받아들이는 것으로 하겠어요."
"알겠어요. 그러면 남편(윤창훈)과 의논이 되는대로 나한테 바로 연락을 주세요."
"그러죠."
백장미 씨는 내 앞에 연락처가 담긴 명함 한 장을 남겨놓고는 또 언제나처럼 가게에서 나갔어요.
나는 백장미 씨의 조건을 맞추기가 너무 막막하여 일어나 인사하는 것조차 잊어 먹었어요. 얼렁뚱땅 팔아넘기려다가 완전히 발목을 딱 잡힌 꼴이 되어버렸으니까요.
'이 낭패를 어떻게 해야 좋지?'
아무리 좋게만 생각해보아도 그렇게 방방 뛰는 창훈 씨를 설득해서 그녀와 살 수 있게 할 자신이 서지 않았어요. 그래서 병든 소처럼 깊은 한숨만 내쉬고 앉아 있었어요.

'하지만 그래도 10억인데?'

장사꾼인 내가, 1,000원을 벌자고 입이 아프도록 물건 자랑을 해야 되는 내가 어찌 10억이란 거금을 놓고 쉽게 물러설 수 있었겠어요. 그건 결코 있을 수 없는 일이었어요. 그래서 창훈 씨를 어떻게든 설득하기로 작정했어요.

그날 밤, 나는 단단한 각오와 결심을 하고 창훈 씨를 설득했어요.

"창훈 씨, 정말 애리를 진짜 보물로 생각하고 나를 진짜 사랑한다면 창훈 씨는 무조건 나와 이혼하고 백장미와 결혼해야 해요."

"내가 왜 그래야 되죠?"

창훈 씨는 가당치도 않다는 태도로 따졌어요.

"왜 내가, 미치지도 않은 내가 사랑하는 아내와 눈에 넣어도 아프지 않을 애리를 버리고 생판 잘 알지도 못하는 여자에게 팔려가서 그 여자와 평생을 함께 살아야 되냐고요? 왜 그래야 되냐고요?"

"제가 몇 번 말해야 알아듣겠어요. 생각해봐요. 지금 가게세를 석 달 못 내고 있고, 수정이한테 빌린 가게 보증금 말고도 빚이 500백만 원이 넘어요. 다음 달이면 우리 가정은 파산이에요. 파산은 곧바로 파탄이 될 수 있어요. 그래도 우리는 어떻게 버틴다고 해요. 애리는 우리한테서 보나마나 공부도 못하고 자랄 거예요. 뒷바라지를 못하는데 어떻게 대학까지 공부할 수 있겠어요. 난 세상이 두 쪽 나는 한이 있더라도 우리 애리만은 가르칠 만큼 가르쳐서 일류인생을 만들고 싶어요. 우리는 하류인생으로 살지만 애리만은 상류인생으로 살게 하고 싶어요. 그런데 그 절호의 기회가 왔어요. 정말 운이 좋게도 당신을 사겠다는 여자가 나타난 거예요. 당신이 그 여자에게 가기만 하면 되는 일이에요. 백장미 씨는 나보다 젊고 나보다 훨씬 예뻐요. 당신은 예쁜 여자와 새로운 인생을 다시 시작하면 되는 거예요. 그야말로 누이 좋고 매부 좋은 일이라고요."

"닥쳐요!"

창훈 씨가 버럭 소리를 질렀어요. 그리고 나한테 삿대질까지 하며 대들었어요.

"당신, 미쳤어요. 어떻게 그런 무서운 생각을 할 수가 있어요. 나와 당신은 갈라진다 해요. 그런데 어떻게 하나뿐인 딸 애리와 나 사이를 갈라놓을 수가 있다는 겁니까? 돈 10억에 눈이 멀었어요? 돈은 있다가도 없어지는 게 돈이에요. 사람이 사는 것은 돈이 아니라 사랑이고 정이에요. 난 당신과 애리 없이는 하루도 못 살 것 같아요. 그러니까 이 일은 없었던 것으로 하세요. 그게 당신과 나와 애리가 행복하게 사는 길이라고요!"

"아뇨! 난 결코 그렇게 못해요."

나는 최후의 칼을 뽑아들었어요.

"당신이 그렇게 우리를 위해 팔려가기 싫다면 가지마세요. 그 대신 내일이라도 당장 나하고 이혼해주세요. 애리는 당신이 데려가 키우고 싶으면 키우고 못 키우겠으면 나 주세요. 어쨌든 그렇게 머리가 잘 안돌아가는 당신과는 더 이상 못살겠어요. 그러니까 내일 당장 이혼해주세요."

"여보, 이혼이라니 그건 당치 않아요. 말도 안 되는 말이에요."

"창훈 씨는 말이 안 되는지 모르지만 난 말이 돼요. 난 이제 더 이상 장사를 해서 가정을 꾸려갈 자신이 없어요. 장사가 잘 안돼서 날마다 적자가 나는 장사를 어떻게 더 해요. 난 장사를 해서 가정을 꾸려갈 자신이 없어요. 그러니까 이쯤에서 우리 서로 깨끗이 갈라섭시다."

"당신이 그렇게 어렵다면 내가 나서볼 게요."

"또 잡지사에 나가서 그 쥐꼬리만 한 봉급 받아와서 살라고요. 난 싫어요. 다 싫어요. 모두 환멸이에요. 그러니까 지금 결정을 하세요. 당신이 팔려가던가, 이혼을 하던가, 둘 중에 하나만 선택하세요!"

"……"

창훈 씨는 입을 꾹 다문 채 어찌해야 좋을지 모르겠다는 표정을 짓고는 나를 멍하니 바라보고만 있었어요.

평지풍파

나는 점점 더 재미있어 가는 진 여사의 얘기에 흥미를 느끼며 진 여사의 가슴에 계속 모닥불을 피웠다.

"진 여사님은 역시 대단하시네요. 그렇게 양단 간 결정을 내리게 종용하는 것은 바로 협박과 같은 것 아닙니까?"

"그렇죠. 바로 협박이었죠. 당장 뛰어나가 돈을 벌어올 수 없는 입장인 창훈 씨에겐 나를 포기하는 것 말고는 다른 방법이 없을 것이 뻔하니까요. 그런데 여기서 또 뜻밖의 평지풍파가 일어났어요."

"뜻밖의 평지풍파라뇨?"

내가 창훈 씨에게 사실상의 최후통첩을 해놓고 가게에 나갔어요. 그날 오후였어요. 느닷없이 아버지와 어머니가 서슬이 시퍼런 모습으로 가게에 들이닥쳐서는 나를 닦달했어요. 창훈 씨가 도저히 안 되겠다 싶으니까 아버지와 어머니에게 말씀을 드리고 도움을 요청한 것 같았어요.

엄마가 먼저 닦달했어요.

"너 똑바로 말해라. 윤 서방을 10억 받고 팔아먹겠다고 했다면서? 그게 사실이냐?"

"누가 그래요?"

"윤 서방이 애리를 데리고 우리한테 와서 울면서 모든 것을 말하더라. 그게 사실이냐?"

"예, 사실이에요."

"윤 서방을 10억이나 주며 사겠다는 여자도 여자지만 윤 서방을 10억 받고 팔겠다는 너는 도대체 사람이냐, 인신매매 범이냐?"

"엄마, 엄마가 왜 그렇게 흥분해서 난리에요. 엄마를 팔겠다는 것도 아니고 내 남편을 내가 팔겠다는데 왜 흥분해서 그러시냐고요?"

"닥쳐라!"

아버지가 빽 소리쳤어요.

"어떻게 남편을 팔 생각을 하느냐? 10억이란 돈에 눈이 확 뒤집힌 것 아냐!"

"그래요. 난 10억이란 돈에 눈이 홀까닥 뒤집혀 버렸어요. 그러니까 아무 말씀도 마시고 돌아가세요."

"그건 안 된다! 아무리 돈 세상이라지만 어떻게 백년을 머리가 파뿌리 되도록 변하지 말고 잘 살자고 맹세하며 결혼한 남편을 팔아먹는단 말이냐! 그건 하늘도 땅도 노여워할 일이야! 천벌을 받을 인간 말종이 하는 일이라고!"

"그래요. 난 인간 말종이에요."

나는 냉정하고 당당하게 말했어요.

"천벌을 내리면 천벌을 받을 거예요. 그래도 윤창훈 씨를 10억에 팔 거예요. 그러니까 돌아가세요."

"넌 애비어미도 없이 컸냐! 애비어미가 있으니까 네가 있는 거다. 애비어미가 안된다하면 안 되는 것이야!"

"엄마, 아버지, 왜 그래요, 도대체 왜 그래요?"

나는 좋게 말해서는 안 되겠다 싶어서 싸늘한 표정으로 무서운 칼을 뽑았어요.

"내가 창훈 씨를 10억에 판다니까 심통이라도 나셨어요. 한 일억쯤 받아 챙기고 싶어서 이러시는 거예요?"

"뭐라구?"

아버지가 뚱그레졌어요.

"도대체 지금 무슨 말을 하는 것이냐?"

"아버지, 엄마 벌써 잊으셨어요?"

나는 얼음처럼 싸늘한 표정으로 공박했어요.

"딸이 사준 집이라도 내 이름으로 등기했으면 내 것이라면서 은행 융자를 내어 장사하겠다는 딸을 잔인하게 내쫓은 분이 도대체 누구신가요? 엄마, 아버지는 나보다 더 잔인했어요. 내가 윤 서방을 팔겠다는 것은 누이 좋고 매부 좋은 일이에요. 하지만 아버지와 엄마가 나에게 하신 행동은 정말 천벌 받을 일이라고요. 몇 년 세월이 지났다고, 내가 모든 것을 잊고 모든 것을 참고 엄마, 아버지 집에 발걸음을 한다고 제가 그걸 잊은 줄 아세요. 못 잊어요. 죽기 전엔 절대 못 잊을 일이죠. 그런 참으로 잔인한 짓을 해놓고 지금 부모라고 내 앞에 와서 훈계하는 거예요? 아니면 내가 10억을 받아 부자가 될 것 같으니까 심통이 나서 막자는 거예요? 지금 내 앞에 와서 두 분이 이러시는 이유가 도대체 뭐예요? 제가 창훈 씨를 10억에 팔아서 한 1억 드릴까요? 1억 받아 먹으려고 지금 날 찾아오신 거예요?"

"그만두자!"

아버지의 양심에 내 칼이 딱 박혔는지 아버지는 금방 깃발을 내렸어요.

"우리가 주제넘은 짓을 하러 왔구나. 그래 넌 항상 대단한 아이 아니냐. 죽이 되든지 밥이 되든지 네 일이니까 네가 알아서 해라. 여보, 갑시다."

더 말했다가는 본전을 찾기는커녕 왕박을 쓰겠다 싶었는지 아버지가 먼저 단념하며 자리에서 일어나 어머니를 재촉했어요. 그러자 엄마도 못 이긴 척 아버지를 따라 나서며 나한테 한마디 모진 소리를 했어요.

"너도 너 닮은 딸을 낳아서 키워보면 나중에 이 부모 마음을 알게 될 게다."

"그래요. 악담하고 가세요. 자식에게 아무것도 주지 못하고 악담이나 주고 가세요. 그래서 오래오래 잘 사세요."

나는 화가 나서 나도 모르게 이성을 잃고 가게를 나가는 부모님의 뒤통수를 향해 있는 대로 악을 썼어요.

"아이 정말 미쳐! 아니 아무리 부모라도 나설 자리 안 나설 자리를 분간도 못해! 아이 정말 못나도 너무 못났어!"

나는 그렇게 투덜거리고 거꾸로 확 솟구친 피를 다시 원상 복구 시키려고 애를 썼어요. 그랬는데 겨우 내 마음이 안정되었는가 싶었을 즈음 이번엔 큰 남동생이 찾아왔어요. 그러고는 또 윤 서방 편을 들고 나왔어요.

"누나, 나 매형한테 얘기 다 들었어. 세상에 매형같이 좋은 사람은 없을 거야. 그런 사람을 팔아먹는다면 그건 누나가 사람도 아닌 짓을 하는 거야."

"난 사람 아니야!"

나는 큰 동생을 향해 표독하게 말했어요.

"난 독사야. 그것도 보통독사가 아니라 늦가을 독사야. 독이 오를 대로 잔뜩 오른 늦가을 독사라고!"

"누나, 왜 그렇게 돈독이 올랐어. 왜 그렇게 돈독이 올라서 남편까지 팔아먹으려고 그래?"

"야, 터진 입이라고 함부로 말하지 마라. 내가 왜 이렇게 됐니? 왜 이렇게 돈독이 올랐겠니? 바로 너 때문이야! 바로 너!"

"내가 뭘 어쨌다고 날 보고 그래?"

"뭘 어쨌다고?"

나는 큰 동생을 비웃으며 반박했어요.

"누나가 세상에 나가서 정말 인간쓰레기같이 아무 일이나 막 해서 돈이 되는 일이면 뭐든지 다 해서 번 돈으로 네 학비 대줬다. 넌 그렇게 공부했어. 대학도 떨어져서 3년이나 재수할 때 누나가 네 뒷돈 다 대줬어. 그랬는데, 그런 누나가 산 집을 융자 내어서 장사할 밑천 좀 마련하려고 하자 너 뭐라고 반대했니? 아무리 집을 사줬을지라도 결혼했으면 친정에 손 내밀지 말고 살아야 된다고, 네 입으로 그렇게 말했잖아. 그때는 누나가 차마 말을 못했지만 그렇게 말한 너는 지금 생각해봐도 사람이니? 누나는 사람이 아니고 누나를 그렇게 한 순간에 배반한 너는 사람이냐고?"

"누나, 그때와 지금은 다르잖아!"

"무엇이 달라? 너희들이 그렇게 나를 냉정하게 내쫓는 바람에 나는 비싼 이자를 주는 돈 빌려서 장사를 했어. 그래서 지금까지 이렇게 빚쟁이로 살고 있어. 이 빚쟁이 누나가 남편을 팔아먹겠다는데, 네가 왜 나서니? 내 남편을 구워먹든 삶아먹든 그것은 내 일이야. 내 일에 왜 자격도 없는 네가 나타나서 감 놔라 배 놔라해. 누나가 10억 받는다니까 어떻게 한 일억쯤이라도 삥땅 해쳐먹고 싶어서 그러냐?"

"누나, 날 모욕하지 마!"

"아쭈, 소리쳤어?"

큰 남동생이 자존심을 있는 대로 다쳐서 벌떡 일어나며 소리쳤어요. 그래서 나는 비웃으며 더욱 남동생을 몰아붙였어요.

"소리치지 마. 내가 10억 받아서 일억쯤 너한테 떼 주면 너는 고맙다는 인사도 않고 받아갈 악질이야. 아니라고 말할 수 있니?"

"아니야! 난 그런 악질은 아니야!"

"개소리하지 말고 나가! 내가 좋게 말할 때 이 가게에서 나가! 더 꾸물거리면 너 아주 개망신을 시켜버릴 거야!"

"아휴, 그래 관두자 관둬! 매형을 구워먹든지 팔아먹든지 누나 머리털 서는 대로해! 아이, 재수 없어!"

큰 남동생이 나한테 싫도록 당하고는 얼굴이 시뻘겋게 되어 발을 동동 구르면서 가게를 나갔어요.

그쯤에서 일이 끝날 줄 알았어요. 그런데 일은 거기에서 끝나지 않았어요.

집을 나간 남편

진 여사는 뭔가 또 괴로운지 입을 꽉 다물고 눈을 감았다. 그리고는 뭔가 깊은 생각에 잠겼다. 나는 그 뒷얘기가 궁금해 죽겠는데 진 여사는 아주 한가하게 생각을 해가며 얘기했다.

나는 재촉하고 싶은 마음이 굴뚝같았지만 꾹 참고 진 여사가 스스로 입을 열 때까지 기다리고 있었다. 다 된 밥에 재 빠뜨린다는 속담처럼 거의 다 끝나가는 얘기에 초를 칠까 조심하고 또 조심했다.

"상황이 내 계획과는 영 딴판으로 흘러가고 있었어요."

한참 후에 눈을 뜨고 정신을 가다듬은 진 여사가 얘기를 계속했다.

밤에 집에 가서 창훈 씨에게 아무것도 따지지 않았어요. 왜 우리 친정에 가서 그런 말을 했느냐, 그렇게 따지고 싶었지만 모두 꾹 참았어요. 감정이 격해져서 창훈 씨가 어디론가 도망이라도 가버린다면 내 꿈은 그 순간 바로 하룻밤의 개꿈으로 전락할 수 있었기 때문이었어요. 그래서 조심조심하며 참았어요. 그런데 다음 날 눈을 떴을 때 내가 염려 했던 일이 정말 현실이 되어 내 앞에 펼쳐졌어요. 창훈 씨가 나한테 한마디 말도 없이 가출을 해버린 거예요. 10억이 하룻밤 사이에 날아가 버린 느낌이었어요. 한마디로 돌겠더라고요. 하지만 어쩌겠어요. 어디로 갔는지도 모르는데 찾아나 설 수도 없잖아요. 그래서 방방 뛰며 속을 끓이며 애리를 돌보며 집에 있는데, 느닷없이 친구 수정이가 나타났어요. 순간, 나는 창훈 씨가 수정이를 만나 도움을 청했을 거라는 느낌이 왔어요. 그래도 꾹 참고 아무 일도 없는 듯이 말했어요."

"얘, 네가 오늘 우리 집엔 어쩐 일로 왔니? 팔자가 늘어진 년이 어떻게 이렇게 초라한 계집을 다 찾아왔니?"

"얘, 너무 그렇게 빈정대지 마라. 내 팔자가 좀 늘어진 것이 뭐 잘못된 거니? 솔직히 말하면 네 덕택에 내 팔자가 좋아져서 늘 고마워하며 살고 있어, 얘."

"그런 년이 이자는 꼬박꼬박 받아가니?"

"얘가 오늘 왜 이래 배배 꼬였을까? 뭘 잘못 먹기라도 했니?"

"커피나 마셔라. 대접할 것이 커피밖에 없구나."

나는 커피 잔을 수정이에게 내밀며 마시라고 권했어요. 그러자 수정이가 조심스레 나를 찾아온 용건을 꺼냈어요.

"얘, 사실은 아침에 창훈 씨가 나한테 만나자는 전화를 해서 나가서 만났어."

"그래? 그 인간 지금 어디에 있니?"

"나 만나고 어딘가로 간다고 하며 갔는데, 어디 갔는 지야 내가 모르지."

"나한테 한 마디 말도 않고 집을 나갔어. 창훈 씨가 변한 거야. 변해버린 거라고."

"창훈 씨 얘기를 들으니까 변한 건 창훈 씨가 아니라 바로 너더라."

"창훈 씨가 무슨 얘기한 거야?"

"응, 나한테 죄다 얘기했어. 창훈 씨가 너무 분하고 슬픈지 글쎄 내 앞에서 눈물을 줄줄 흘리면서 얘기하더라."

"미쳤어! 자기가 무슨 십대 소년인 줄 아나? 현실이란 삭막한 도마 위에 고기 토막처럼 놓여있는 참담한 신세인 줄도 모르고 눈물을 흘려? 창훈 씨는 고생해야 돼. 등줄기에 땀이 줄줄 흐르도록 무섭게 고생을 해 봐야 인생이 뭔가를 알게 될 거야."

"아무리 그래도 너 창훈 씨를 10억에 팔기로 한 건 너무한 것 아니니?"

"뭐가 너무 했다는 거니?"

나는 눈에 불을 켜고 수정이한테 대들었어요.

"집 한간도 없이 월세 사는 형편에 남편을 10억에 살 사람이 나타나서 팔겠다는데 그게 뭐가 너무한 거니? 너 같으면 그런 입장에서 남편을 안 팔 수 있겠니?"

"얘, 너무 흥분하지 마라."

내가 흥분해서 침을 튀기며 얘기하자 수정이가 나를 진정시키려 했어요.

"네 말도 일리는 있지. 하지만 뭐 인생의 행복이 돈이니? 아니잖아."

"아니야! 난 돈이 행복이야. 난 돈이 남편보다 소중해진 사람이야. 그러니까 아무 말도 하지 마."

"너, 그렇게 어려우면 한 서너 달 이자는 안 받을 테니까 어떻게 좀 좋게 생각해봐"

"서너 달 이자를 안 받아?"

나는 수정이를 비웃으며 말했어요.

"큰 선심 쓴다, 큰 선심 쓰고 있어. 야, 난 네 돈만은 이자를 다 줄 거야. 그러니까 아무 소리하지 마!"

"너 너무한다."

내가 막나가자 이번엔 수정이가 나를 살짝 비웃으며 말했어요.

"너 그러니까 꼭 10억을 손에 쥔 여자 같아 보인다. 10억 손에 쥐려면 아직 강을 몇 개나 더 건너야 될지 모르는 일이야. 안 할 말로 오늘 밤에라도 창훈 씨가 외국으로 날라버리면 네가 꿈꾸고 있는 10억도 함께 날아가 버리는 거야."

"너 지금 나 약 올리러 왔니? 나한테 염장 지르려고 온 거냐고?"

"난 말야."

수정이가 나를 무시하며 말했어요.

"만일 창훈 씨가 내 남편이라면 난 10억과 안 바꿀 것 같아. 세상에 그만한 남자가 어디에 있겠니? 넌 남편을 잘 만난 거야."

"그렇게 좋으면 네가 데리고 살아."

"유미야! 돈은 있다가도 없어지고 없다가도 생기는 게 돈이야. 그런 돈과 어떻게 영원한 사랑인 남편과 비교할 수 있겠니?"

"팔자 좋은 소리하고 있네. 너 지금 문학 작품 쓰고 있니? 현실이 그렇게 문학 작품을 감상할 만큼 고요해?"

"유미야, 난 말야."

수정이는 계속 나를 무시하며 말했어요.

"솔직히 말하면 널 설득하려고 온 게 아냐. 그냥 창훈 씨가 귀중한 사람이라는 것을 말해주려고 온 것뿐이야. 지금도 어딘가에서 울고 있을 창훈 씨를 한번 생각해 봐. 사람은 상대적이야. 네가 그렇게 창훈 씨를 무시하면 창훈 씨도 너를 무시하고 말 거야. 그러니까 이쯤에서 좀 냉정하게 한번 생각하고 침착하게 행동해. 마치 10억을 손에 쥐고라도 있는 것처럼 설치다가는 넌 10억은커녕 100원도 못 잡을 테니까. 내 얘기는 여기가 끝이야. 그럼 네 뜻대로 잘해봐."

수정이가 그러고는 냉정한 태도로 우리 집에서 나갔어요.

'내가 너무 흥분하고 있었나?'

나는 수정이를 보내고 진정하려고 애쓰며 잠시 내 자신을 돌아보았어요. 수정이 말마따나 10억을 손에 잡기라도 한 것처럼 오만방자한 태도로 행동한 것이 사실이었고, 그 점이 나를 잠시 부끄럽게 만들었어요.

'그래, 침착하자. 여기서 잘못되면 난 아무것도 얻지 못해. 창훈 씨도 잃고 10억도 잃게 될 거야.'

나는 흥분을 가라앉히려고 노력했어요. 그리고 어떻게 하면 창훈 씨를 설득할 수 있을까를 다시 한 번 차근차근 생각하기 시작했어요.

그러나 내 그런 생각과는 무관하게 창훈 씨는 집에 들어오지 않았어요. 그 다음 날도, 그 다음 날도 창훈 씨는 집에 들어오지 않았어요. 창훈 씨가 갈만한 곳에 모두 연락을 해봤지만 그 누구도 창훈 씨의 소식을 아는 사람이 없었어요.

'아, 결국 10억이 이렇게 날아가는가? 내 눈앞에 다가온 10억이 이렇게 허무하게 날아가는가? 10억만 있으면 인생을 정말 멋지고 행복하게 살 수 있을 것 같았는데, 이렇게 내 꿈은 허무하게 사라져버리는 것인가?'

나는 어둠이 내리는 저 언덕 아래의 도시를 바라보며 한없이 착잡한 심정이 되어 창훈 씨가 스스로 돌아와 주기만을 애타게 정말 간절히 기다리고 있었어요.

"저어기⋯⋯근데요, 선생님."

진 여사가 여기까지 이야기한 뒤에 갑자기 나를 바라보며 말했어요.

"오늘은 여기까지만 얘기해요. 조금은 피곤하네요. 나머지는 다음에 얘기해요."

나는 더 듣고 싶었지만 내가 무슨 말을 하기도 전에 진 여사가 그렇게 종료하고 자리에서 일어났다.

창훈씨의 고백

창밖 저만큼 한강이 보이고, 천천히 나타난 유람선이 상류를 향해가고 있었다.

내 앞에는 진 여사의 전 남편 윤창훈 씨가 나를 보며 앉아 있었다. 그의 앞에 커피 잔이 놓여 있었고, 커피 잔이 놓여 있는 탁자를 사이로 나는 윤창훈 씨와 마주 앉아 있었다.

"이틀 후에 전화 주세요."

진 여사가 나한테 그 말을 남기고 급히 어딘가로 사라졌다.

이틀 후, 나는 진 여사가 시키는 대로 진 여사에게 전화를 했다. 그런데 어찌된 일인지 진 여사가 도무지 전화를 받지 않았다.

'도대체 어떻게 된 일인가?'

나는 여러 가지 생각을 했다. 몸이 아파 입원을 했는가, 교통사고가 났는가, 집에 무슨 변고가 생겼는가, 별별 생각을 다 해봐도 도대체 감이 잡히지 않았다.

나는 일주일을 기다리며 전화했다. 그런데 일주일 내내 전화가 되지 않았다. 그 바람에 나는 약간 초조해지기 시작했다. 여기서 이야기를 중단해서는 책으로 낼 수 없었다. 그렇다고 시간을 내어 그만큼 들은 얘기를 버릴 수도 없었다. 그래서 고민하며 끙끙거리다가 진 여사의 전 남편 윤창훈 씨를 수소문해서 찾았다. 그리고 전화로 진 여사가 얘기한 내용을 대강 말하고 한번 만나서 진실을 알고 싶다고 했다. 그랬더니 윤창훈 씨가 몇 번 거절하다가 만나주겠다고 했다. 그래서 정말 뜻밖에도 윤창훈 씨와 저만큼 한강이 보이는 카페에서 나란히 마주앉게 된 것이었다.

"맞아요. 유미 씨의 얘기는 거의 모두 진실입니다. 사실이에요. 유미 씨는 거짓말을 잘하지 않아요. 솔직해요."

윤창훈 씨는 진 여사가 나한테 얘기한 것을 대강 얘기해줬더니 고개를 크게 끄덕이며 모두 사실이라고, 그런 일이 있었다고 시인했다. 그래서 진 여사가 말하지 않았던 부분을 질문했다.

"가출을 하셨다고 들었는데, 언제쯤 돌아오셨어요. 그리고 무슨 일이 있었는지 생각나는 대로 한번 얘기해 주세요."

"그러지요."

윤창훈 씨가 고개를 끄덕이고는 당시를 한참 회상하며 생각하다가 이윽고 얘기를 시작했다.

“나는 그때 가출을 해서 염치불구하고 친구 집을 전전긍긍 하며 지냈어요. 그러다가 일주일 지난 뒤에 어느 날 밤에 친구와 술을 마셨어요. 그러면서 내 입장을 얘기했어요. 그랬더니 친구는 껄껄껄 웃으며 말했어요.

“짜식아, 넌 무슨 녀석이 그런 일로 다 고민을 하냐? 넌 아내가 죽으면 화장실에 가서 웃는다는 속담도 못 들어봤냐? 짜식아, 아내보다 훨씬 예쁘고 젊은 여자가 널 받아주겠다는데, 뭘 고민을 하냐? 그냥 못 이긴 척하고 가서 재미 보며 사는 거야. 미인은 잠자리 맛도 특별하다더라. 야, 그냥 못 이긴 척하고 팔려가. 그러면 미녀를 품에 안는 거야. 안 그래. 넌 정말 팔자 좋다. 팔자 좋아, 하하하……”

“시끄러, 새끼야!”

나는 낄낄대는 친구를 후려쳤어요. 그러자 친구가 의자와 함께 뒤로 나동그라졌어요. 그 친구에게 나는 침을 탁 뱉으며 욕을 했어요.

“에이, 새끼야. 개처럼 아무나 붙어먹으며 개성 없이 살다가 죽어라!”

나는 친구에게 또 한 번 침을 뱉어주고 집에 갔어요.

“창훈 씨, 어서 와요. 애리와 내가 창훈 씨를 얼마나 애타게 기다렸는지 몰라요.”

뜻밖에도 진유미 씨가 나를 아주 반갑게 맞아주는 거예요.

그래서 꽉 닫혀 있던 내 마음이 금세 활짝 열렸어요. 그래서 나는 술이 취한 채로 옛일을 회상시켰어요.

"유미 씨, 우리 처음 만났던 날 생각 안나? 남산으로 데이트하고, 사실 그때 난 돈이 없어서 유미 씨를 남산으로 데려갔던 거야, 그런데 우리 남산에서 뽀뽀했었지?"

"그랬죠. 행복했었죠."

유미 씨가 내 기분을 맞추려고 베이스를 넣는 거예요. 그래서 나는 더욱 신이 나서 막 말했죠.

"그 후, 유미 씨는 밤마다 과자를 사서 날 찾아왔었지, 난 잊지 못해. 그때 날 찾아온 유미 씨는 내 눈엔 항상 우렁각시처럼 보였어."

"난 창훈 씨가 늘 백마 탄 왕자로 보였어요. 그렇게 멋있었어요."

"그래서 우린 약혼하고 결혼했었지."

"그랬었죠. 우리 약혼하던 날 눈이 하얗게 쌓였던 기억도 엊그제 일처럼 생각나요."

"애리엄마, 우린 그렇게 맺어진 부부야, 그러니까 말이야."

나는 거기서 유미 씨를 설득하려 했어요.

"애리엄마, 그러니까 우리는 그렇게 만났고 우리에겐 추억이 산처럼 쌓여있어. 그러니까 나를 10억에 팔겠다는 계획은 취소해. 아니 포기를 해."

"알아요. 창훈 씨의 그 마음을 나도 잘 알아요."

유미 씨가 갑자기 눈물을 줄줄 흘리며 말했어요.

"하지만 생각해봐요. 추억을 먹고 살 수 있는 세상이 아니잖아요. 나도 사랑하는 창훈 씨와 애리와 오래오래 함께 살고 싶어요. 그런데 현실이 우리를 갈라놓게 하고 있어요. 아무리 발버둥을 쳐봐도 우리는 일어설 수 없게 되어 있어요."

"애리엄마, 우리는 일어설 수 있어요. 나라고 뭐 언제까지 무명작가로 살란 법 있어요? 없어요. 나도 언젠가는 베스트셀러작가가 될 수 있다고요."

"물론이죠. 될 수 있고말고요. 그런데 현실이 그걸 기다려주지 않아요. 난 백장미 씨가 당신을 10억에 사겠다고 해서 얼마나 감사했는지 몰라요. 창훈 씨와 애리와 내가 우리 가족이 다 잘 살 수 있는 길이 열린 거잖아요. 창훈 씨는 백장미 씨와 결혼해서 살면 애도 안 보고 집필에만 전념할 수 있잖아요. 나도 10억만 있으면 애리를 잘 키워서 상류인생으로 만들 수 있잖아요. 그야말로 우리 가족이 다 함께 행복하게 잘 살 수 있는 길이 열린 거예요. 그러니까 창훈 씨만 맘을 독하게 먹으세요. 진유미는 개똥이다. 개똥밭의 민들레다. 잘 가라. 난 장미와 살아야 될 복 많은 인생이다. 그렇게 생각하며 결심을 하세요."

"그만해요!"

나는 술이 확 깨는 느낌을 받으며 빽 소리쳤어요. 유미 씨에게 설득당하고 있는 내 모습이 너무 싫었던 거예요. 그래서 나는 다시 나를 수습하여 유미 씨를 설득하려했어요.

"애리엄마, 내가 며칠 간 친구 집에서 지냈어. 한 친구는 방 두 칸 있는 월세를 얻어서 살고 있었어. 친구는 빵공장에 다니고 친구아내는 식당에 나가서 일을 한다는데 무슨 사업하다가 실패해서 그렇게 산다고 했어요. 빚이 우리보다 갑절이나 많아 보이는데도 친구는 아내와 너무너무 행복하게 살고 있더라고요. 또 한 친구는 초등학교 선생님을 하다가 뭐가 잘못되어 그만두고 나와서 부부가 학교 앞에서 문방구점을 하는데, 그런데도 너무너무 행복하게 살고 있더라고요. 우리도 행복할 수 있어요. 우리는 그 친구들보다 조건이 훨씬 더 좋아요. 그러니까 애리엄마, 제발 10억 따위 잊어버려요. 우리 부모님 잘 모시고 머리가 파뿌리 될 때까지 헤어지지 않기로 서약하고 결혼했잖아요."

"창훈 씨, 난 창훈 씨의 그 마음을 누구보다 더 잘 알아요. 근데요. 창훈 씨, 우리만 행복할 것이 아니라 애리도 생각해야죠. 애리 앞길을 좀 생각해보시라고요. 어떻게 얻은 딸이에요. 그러니까 창훈 씨가 양보하세요."

나는 유미 씨를 설득하면서 이 여자는 절대로 나한테 설득을 당하지 않을 여자라는 것을 느꼈어요. 그래서 짜증이 나고 화도 났어요. 하지만 유미 씨가 울면서 나한테 사정하는 거예요. 애리를 위해 추억이니 사랑이니 모두 묻어 버리고 백장미 씨와 새 출발을 하라는 거예요. 그러면서 유미 씨가 그랬어요.

"창훈 씨, 백장미 씨를 한번 만나보세요. 만나보시면 창훈 씨의 마음이 달라질 거예요. 그러니까 일단 한번 만나보라고요."

나는 그때 문득 '그래, 백장미 씨를 한번 만나보자. 그래서 백장미 씨를 설득하는 거야. 백장미 씨를 설득하는 것이 훨씬 쉬울 것 같아!' 그런 생각을 하며 나는 백장미 씨를 만나기로 결심했어요.

잃어버린 첫사랑

나는 윤창훈 씨를 딱 바라보면서 질문했다.

"그래서 백장미 씨를 정말 만나셨습니까?"

"예."

윤창훈 씨가 대답을 하고는, 한참 생각하다가 말했다.

애리엄마가 마치 중매쟁이처럼 우리 두 사람이 만날 수 있도록 주선해 주었어요. 당시 대한극장 옆에 있는 어떤 카페에서 만났는데 낮이라 사람이 별로 없었습니다. 그래서 큰 부담을 느끼지는 않았어요. 백장미 씨가 먼저 와서 나를 기다리고 있었는데 딱 보는 순간 정말 미인이구나 하는 느낌이 확 왔어요. 애리엄마가 개똥밭에 핀 민들레라면 백장미 씨는 온실에서 핀 우아한 장미처럼 보였어요. 하지만 어떻게든 백장미 씨에게 나를 포기시키기 위해서 나는 약간 화난 표정을 하고는 백장미 씨와 마주 앉았어요.

"여기요."

백장미 씨가 우리가 마실 커피를 시켰어요. 그리고 주문한 커피가 왔을 때, 백장미 씨는 커피 잔을 들어서 한 모금 마시고는 잔을 놓았어요. 그랬지만 나는 화난 척하기 위해서 커피 잔을 바라보지도 않고 다짜고짜 백장미 씨에게 대들 듯 따졌어요.

"왜 나를 10억이나 주고 사려고 합니까?"

"그건요."

백장미 씨가 나를 바라보며 곱게 미소를 지은 뒤 말했어요.

"그건 제가 윤 선생님을 사랑하고 있기 때문이에요."

"사랑한다고 가정이 있는 남의 남편을 사려고 한 겁니까? 그건 아주 잘못된 사고 방식이 아닙니까?"

"윤 선생님, 뭔가 오해하고 오신 것 같은데요."

백장미 씨가 아주 당당하게 말했어요.

"난 단 한 번도 윤 선생님을 나한테 팔라고 한 적이 없어요. 유미 씨가 팔겠다고 매물로 내어놓았기에 내가 사려고 한 것뿐이에요. 매물로 나온 물건을 소비자가 사는 것은 지극히 정상적인 일이 아닌가요?"

"하지만 이건 일반 물건이 아닌 사람이잖소, 하여간 좋소. 근데 한 가지 물어봅시다. 나를 잘 아세요?"

"예, 잘 알아요. 잘 모르는 물건을 사겠다는 사람은 세상에

단 한 사람도 없어요."
"어떻게 나를 알았죠?"
"제가 말씀드리죠."
백장미 씨가 나를 알게 된 경위를 얘기하기 시작했어요.

윤 성생님이 신춘문예에서 <종이 울릴 때는…> 이란 단편소설에 당선되셔서 시상식을 하던 날, 제가 그 시상식장에 갔었어요.

제 언니 친구가 시 부분에 당선되어서 축하를 해주러 갔던 거예요. 그런데 그날 거기서 윤 선생님을 처음 보는 순간 내 눈에 확 달려와서 딱 꽂혔어요. 마치 지극히 사모했던 오래된 연인을 만난 것 같은 그런 느낌이었어요. 그랬지만 그날 그 자리에서는 소개받을 수 있는 입장도 아니었잖아요. 그래서 시상식이 끝나고 한없이 안타깝고 아쉬웠지만 창훈 씨와 헤어질 수밖에 없는 상황이었어요. 그래서 궁리하다가 어떻게든지 창훈 씨한테 나를 기억시켜놓고 싶은 마음에 창훈 씨 곁으로 다가갔어요.

창훈 씨가 내 앞으로 걸어오고 있었어요. 그래서 나는 발을 헛디딘 것처럼 위장하여 짧은 비명을 지르며 창훈 씨의 가슴을 향해 넘어졌어요. 그러자 창훈 씨가 깜짝 놀라며 얼른 나를 감싸 안아줬어요. 그러면서 사뭇 당황한 표정으로 말했어요.

"괜찮으십니까?"

"예, 괜찮아요."

나는 혹시라도 창훈 씨가 나를 붙잡아 줄지도 모른다는 생각에 화사하게 미소를 짓고 말했어요.

"정말 고마워요. 하마터면 바닥에 넘어질 뻔했어요."

"천만다행입니다. 그럼 전 이만……"

창훈 씨가 그러고는 저쪽에 있는 친지들을 만나러가는 듯 그쪽으로 걸어갔어요.

나는 창훈 씨가 뭐라는 말을 더 할 줄 잔뜩 기대하고 있었는데 그 기대감이 순식간에 확 깨졌어요. 마치 닭 쫓던 개가 지붕 쳐다보는 꼴이 된 거예요.

백장미 씨가 갑자기 나를 딱 바라보며 뜻밖의 질문을 했어요.

"혹시 그때 나와 부딪쳤던 일이 기억나세요?"

그래서 나는 고개를 끄덕이며 말했어요.

"그러니까 생각이 나는군요."

"왜 그렇게 내빼듯이 나한테서 도망을 가셨나요? 제가 싫어서 그랬나요?"

"아, 그런 건 아닙니다."

나는 솔직히 대답했어요.

"그날 그렇게 많은 사람이 보는 앞에서 제가 본의는 아니었지만 어쨌든 백장미 씨와 포옹을 한 거잖아요. 그때 주변 사람들이 모두 놀란 얼굴로 일제히 우리 두 사람을 바라보더라고요. 그 순간 나는 얼굴이 화끈해지는 부끄러움을 느꼈어요. 그래서 얼른 그 자리를 피했던 겁니다."

"그러셨군요."

백장미 씨가 이해가 된다는 듯이 고개를 끄덕이고는 말했어요.

"어쨌든 저는 그날 윤창훈 씨가 마치 첫사랑처럼 강하게 각인되어 내 뇌리에 자리를 잡고 앉은 걸 느꼈어요. 하지만 그때만 해도 제가 조금 어려서 창훈 씨에게 다가갈 용기가 나지 않더라고요. 하지만 그 뒤에, 그러니까 그렇게 헤어진 뒤에 밤이 되면 으레 내 창가에 창훈 씨가 환상처럼 나타나는 거예요. 그런 창훈 씨에게 나 혼자 아양도 부려보고 뽀뽀도 해보고 포옹도 해보고, 이런저런 말도 해보고 하여간 제가 하고 싶은 대로 다 해봤어요. 그게 바로 내가 창훈 씨를 짝사랑하고 있었던 증거가 아닐까, 해요. 어쨌든 몇 달 없이 그러다가 언젠가는 창훈 씨를 한번 찾아가 볼까 하는 생각도 해봤어요. 그랬는데……"

"그랬는데요? 왜 안 찾아오셨죠?"

나는 백장미 씨가 뭔가 망설이는 것 같아 다그치듯 물었어요. 그러자 백장미 씨는 알지 못할 얕은 한숨을 쉬고는 대답했어요.

그 당시 저희 아빠는 <백작>이라는 규모가 상당한 중소기업을 하고 있었어요. 그랬는데 갑자기 아빠가 중풍으로 쓰러지고 그 여파로 어머니까지 쇼크를 받아서 혼절했다 깨어나는 대소동이 일어났어요.

상황이 그렇게 급변하게 되자 외국에 나가 있던 오빠가 급히 귀국하여 회사를 맡아 운영했어요. 하지만 늘 외국에 나가 있던 사람이 회사에 대해서 뭘 알겠어요. 그래도 아빠 밑에 있던 사람들이 착하고 좋은 분들이라서 오빠에게 가르쳐주며 회사를 이끌어 나가게 했어요.

그랬는데 일 년 사이에 아빠와 엄마가 다 돌아가셨어요. 오빠는 결혼해 가정이 있었지만 난 결혼도 않고 졸지에 고아가 됐던 거예요.

"장미야, 오빠가 말이다."

그런 어느 날, 오빠가 나한테 의논 반 결심 반으로 얘기했어요.

"난 아무래도 회사를 계속 이끌고 가지 못할 것 같구나. 너무 몰라서 말이다. 그래서 상무님과 의논을 해서 회사를 아버지와 함께 일해 온 분들께 넘기기로 했다. 한 35억 주겠다는구나. 그래서 내가 결정했다. 내가 20억 가지고 가고, 너한테는 아버지 엄마가 살던 집을 주고 15억 주기로. 내 결정이 잘못된 것 같니?"

"아냐, 아냐"

나는 오빠의 배려있는 태도에 감사한 마음으로 말했어요.

"오빠가 더 많이 가져도 되는데 나한테 많이 줘서 고마워. 근데 나 혼자 남게 되어 어떻게 살까?"

"너도 결혼해야지. 좋은 사람 나타나면 바로 결혼해."

"좋은 사람이 나타나야 말이지."

"곧 나타날 거야."

"알았어, 암튼 내 걱정 말고 오빠가 미국에서 자리를 잘 잡아. 나도 마음이 변하면 갈게."

"알았다. 그래주면 오빠는 참 좋겠구나."

오빠와 나는 그렇게 헤어졌어요. 그렇게 정말 외톨이가 되고 나자 다시 창훈 씨가 새삼 생각나고 그리워지더라고요. 그래서 신문사에 연락해서 창훈 씨 주소를 알아냈어요. 그리고 그 주소를 들고 찾아갔더니 이사를 갔다고 하더라고요.

'어떻게 하지?'

나는 고민하다가 동사무소에 가서 고종사촌 오빤데 어떻게 좀 이사 간 곳을 알려달라고 했더니, 고맙게도 그 분들이 주민등록등본을 한 장 떼주더라고요. 그래서 보니까 6개월에 한 번씩 이사를 다녔더라고요.

"그랬습니다."

나는 부끄러움을 감추고 말했어요.

"그 당시는 방 계약 기간이 6개월이었는데 그러다 보니까 6개월마다 방세를 올리는 거예요. 그래서 그 당시 내가 너무 어려웠던 때라 그렇게 본의 아니게 이사를 많이 다니게 됐습니다."

아무튼 제가 그렇게 해서 마침내 창훈 씨가 사는 집을 알아냈어요. 그래서 잃어버린 첫사랑을 찾은 기분으로 환희에 가득 차서 창훈 씨 있는 곳으로 찾아갔죠. 그런데 대문 앞에 갔는데 어떤 중년여자가 대문을 열고 나오는 거예요. 그래서 내가 물었죠.

"저어 실례지만 말씀 좀 묻겠어요. 혹시 이 댁에 윤창훈 씨라는 소설 쓰시는 선생님이 살고 계세요?"

"살았지. 근데 이사 갔어."

"또 이사를 갔어요?"

내가 놀란 표정으로 반문했더니 중년여자가 내 아래 위를 바라보다가 말했어요.

"근데 요번에는 결혼을 해서 신부와 살림집을 차려서 갔어. 한 달 됐어."

순간, 나는 정말 둔기에 뒤통수를 한방 제대로 꽝 맞은 느낌이었어요. 그래서 마치 말뚝처럼 그 자리에 서 있었어요. 그러자 그 중년여자가 나를 다시 이상한 눈빛으로 바라보고는 지나가며 한마디 했어요.

"쯧쯧쯧…·놓쳤나보구만…·참 괜찮은 총각이었는데, 쯧쯧쯧……"

그렇게 혀를 차며 걸어갔어요.

백장미 씨가 거기까지 얘기하고는 갑자기 입을 꾹 다물었어요. 그리고 다 식어버린 먹다 남은 커피를 마셨어요.

나는 그 뒷얘기가 무척 궁금했지만 묻지 않았어요. 어쩐지 실례가 될 것 같아서 담배에 불을 붙여 물었어요. 그리고 백장미 씨가 스스로 다시 얘기하기를 기다리고 있었어요.

돈벌레, 악마!

윤창훈 씨가 담배를 피워 물었다.

나는 다음 얘기가 궁금해서 가만히 기다리고 있을 수 없었다. 그래서 실례를 무릅쓰고 재촉했다.

"얘기를 시작하시죠. 그래서 어떻게 된 겁니까."

"그게 말이죠."

윤창훈 씨가 담배 연기를 한 모금 길게 빨아서 마치 한숨처럼 푸우 내쉬고는 얘기를 시작했다.

백장미 씨가 그 당시 받았던 충격이 되살아나기라도 한 것처럼 굳은 얼굴로 입을 꾹 다물고 있었어요. 그래서 제가 담뱃불을 재떨이에 비벼 끄고는 말했죠.

"그랬으면 나를 다시 생각하지 않을 수도 있었을 텐데 어떻게 애리엄마를 만난 것이죠?"

"그게 말이죠."

마침내 백장미 씨가 다시 얘기했어요.

"그 날은 정말, 정말 받은 충격이 너무 컸었어요. 다 잡아서 내 손안에 들어온 큰 고기를 졸지에 놓쳐버린 것 같은 그런 정말 뭐라 표현할 길 없는 안타까움과 아쉬움과 허탈감이 내 가슴에 성애처럼 아프게 엉겨 있었어요. 하지만 선생님의 단편처럼 종이 울릴 때는 시작이 아니면 끝이잖아요. 시작하는 종소리는 듣기도 좋겠지만 끝나는 종소리는 어쩐지 쓸쓸하잖아요."

"아니죠. 학교 종은 끝날 때가 훨씬 더 신나요."

나는 나도 모르게 내 학생 때의 기분을 말했어요. 그랬더니 백장미 씨가 씁쓰레 웃으며 말했어요.

"그렇군요. 학교에서의 종소리는 시작종보다 끝나는 종소리가 행복하고 즐겁겠네요. 근데요. 선생님에 대한 나의 종소리는 끝나니까 슬픈 것이죠. 하지만 어쩌겠어요. 그렇게 쓸쓸히 집으로 돌아갔죠. 그리고는 윤 선생님을 잊으려고 애를 썼죠. 꽃꽂이도 배워보고 문학서적도 읽어보며 다른 곳으로 내 마음을 돌리며 마음을 잡으려고 무진 애를 썼죠. 그렇게 세월은 흘러갔어요. 몇 년이 지났는지 몰라요. 언젠가 무슨 일로 서점에 책을 사러 갔다가 <종이 울릴 때는⋯> 이라는 제목의 선생님 단편집을 발견하게 됐어요. 그것을 보자 또 마치 선생님을 만난 것 같이 내 가슴이 쿵쿵 뛰는 거예요. 새삼 선생님이 왈칵 그리워지기도 했어요. 그러자 갑자기 선생님에 대한 모든 것이 궁금해졌어요."

백장미 씨가 여기서 잠시 생각하고는 다시 얘기를 계속했어요.

"나하고 아무 상관도 없는 그런 잡다한 일들이 다 궁금해지는 거예요. '윤 선생님은 지금 뭐하고 계실까? 아내와는 행복하게 잘 살고 있을까? 자식은 몇이나 낳았을까? 윤 선생님의 아내는 무슨 일을 하며 살고 있을까?'어쨌든 갑자기 그렇게 윤 선생님도 보고 싶고 윤 선생님께 사랑받고 행복하게 살고 있을 윤 선생님의 아내도 보고 싶어지는 거예요. 그래서 친구를 통해 심부름센터와 연락해서 윤 선생님이 지금 뭐하고 있는지 알아보라고 했죠. 그랬더니 며칠 후 심부름센터에서 윤 선생님에 관한 자세한 보고서가 왔더라고요. 그 보고서를 보면 윤 선생님은 젖먹이 아이를 키우며 집에서 글도 쓰고 살림도 살고 있고, 늙은 어머니가 따로 사는데 가끔 들락날락하고, 아내 유미 씨는 양품점을 하고 있는데 양품점이 잘 안 되는지 월세를 제때 못 내고 주변에 빚진 것도 상당히 있는 것 같다고 했어요. 그리고 진유미 씨의 양품점 주소와 약도가 상세하게 그려져 있었어요. '그래, 한번 찾아가보자. 윤 선생님의 아내 진유미 씨가 얼마나 행복하게 잘 살고 있는지 가서 내 눈으로 한번 확인을 해보자' 그런 뚱딴지같은 생각이 나를 흔들었어요. 그것 또한 내가 그 때까지도 윤 선생님을 사랑하고 있었다는 증거였겠죠."

백장미 씨는 여기서 물을 한 모금 마시고는 얘기를 계속했어요.

"어쨌든 그래서 진유미 씨가 경영하는 양품점을 찾아갔었죠. 그날 무슨 좋지 않는 일이 있었는지는 모르겠지만 내가 그냥 지나가는 말처럼 장사가 잘 되냐고 물었더니 요즘 같으면 누가 남편을 사겠다면 팔고 싶은 절박한 심정이라는 거예요. 그래서 내가 농담 삼아 남편을 얼마나 받고 파시려고 그러느냐 물었더니 10억은 받아야 되지 않겠느냐고 그러더라고요. 그래서 내가 정말 누가 사장님의 남편을 10억에 사겠다고 하면 파시겠느냐 했더니 백 번 천 번 팔겠다고 확신에 찬 태도로 말하더라고요. 그래서 윤 선생님을 사랑한 나는 절호의 기회를 그냥 놓칠 수가 없어서 선생님을 사기로 했던 거예요. 몇 개월 사이로 엉뚱한 여자에게 빼앗겨버린 내 남자를 찾는데 그까짓 10억이 뭐가 아까우랴 싶더라고요. 그 무렵 나한테는 그만한 현금이 있었고요. 그래서 일이 여기까지 오게 된 거예요. 제가 뭘 잘못했나요?"

"아닙니다. 아니에요. 백장미 씨의 얘기를 듣고 보니까 잘못은 전적으로 제 아내에게 있어요."

나는 백장미 씨에게 화를 낼 아무런 이유가 없었어요. 그래서 좋게 말했죠.

"백장미 씨, 많이 부족한 나를 그토록 아끼며 사랑해 준 것 진심으로 감사합니다. 정말 고맙고 감사해요. 그런데 전 지금 사랑하는 딸이 있는 가장입니다. 그러니까 10억에 나를 사겠다는 계획을 접으세요. 그러면 제 아내도 자연 모든 것을 단념하게 될 것입니다."

"내가 진심으로 좋아하고 사랑했던 윤창훈 씨의 부탁이니까 그렇게 하도록 하죠. 하지만 부인이 결코 윤 선생님의 뜻을 받아드리지 않을 거예요."

"그건 또 무슨 말씀이죠."

"암튼 제 얘기는 다 끝났으니까 전 이만 실례하겠어요. 약속도 있고요. 그럼……"

백장미 씨가 그러고는 일어나서 찻값을 지불하고는 황급히 카페에서 나갔어요.

"부인이 결코 윤 선생님의 뜻을 받아드리지 않을 거예요."

그런데 백장미 씨가 남기고 간 그 말이 내 뇌리에 깊이 총알처럼 딱 박혀서 자꾸 나를 혼란스럽게 하는 거예요.

'그건 또 무슨 말이야. 애리엄마가 내 뜻을 받아드리지 않는다?'

나는 그 말이 얼른 이해되지 않았습니다. 그런데 그날 밤 애리엄마를 만나서야 그 말의 뜻을 불현 듯 깨닫게 됐어요.

"뭐라고요? 당신 미쳤어요!"

나는 애리엄마를 만나서 백장미 씨를 만나 나를 포기하라고 좋게 말했다고 했어요. 그랬더니 애리엄마가 깜짝 놀라며 펄쩍 뛰는 거예요.

"당신, 지금까지 나를 고생시켜놓고 내가 이제 좀 팔자가 펴질까봐 심통이 났어요! 내가 당신을 10억에 팔아서 좀 잘 살아보겠다는데 그게 그렇게 배가 아파서 훼방을 놔요! 당신 이제 보니까 아주 웃기는 남자네, 고고한 작가인 척하더니 한 없이 쪼잔한 작가네. 나 같으면 내가 당신 같았으면 제발 나를 팔아서라도 애리와 당신만은 행복하게 잘 살라고 하겠네. 나하고 살면 평생 고생하며 살 텐데 나를 10억이나 주고 사겠다는 여자가 나타나서 정말 다행이네. 주저 말고 당장 나를 팔아! 나 같으면 그렇게 말했겠네요!"

"애리엄마! 정신 좀 차려요. 우리도 장차 잘 살 수 있어요. 사람의 내일 일을 누가 알아요? 그러니까 지금까지 잘 참아온 것처럼 그렇게 참아요. 그러면 우리는 지금처럼 행복하게 살아요."

"행복하게 살자고요? 당신은 행복했는지 모르지만 난 한없이 불행했어요. 그러니까요. 우리 오늘 당장 이혼하고 갈라서요. 난 당신같이 쪼잔한 남자와는 하루라도 얼굴 맞대고 못 살겠으니까, 이혼해요. 애리는 내가 맡아 키울 테니까 당신은 어머니한테 가요. 형편이 되면 애리를 찾으러 와요. 그럼 두말 않고 애리도 줄게요. 그러니까 지금 당장 이혼하자고요."

"당신, 정말 끝까지 이러기야!"

나는 도저히 더 참을 수가 없어서 벌떡 일어나 애리엄마를 향해 삿대질하며 소리쳤어요.

"당신은 돈벌레야! 가정도 집어삼키는 무서운 돈벌레! 당신은 악마야!"

"그래, 난 악마다. 돈벌레다! 그러니까 버리라고! 깨끗이 버려! 무서운 악마 같은 돈벌레니까 버리라고 제발!"

애리엄마가 발을 동동 구르며 소리쳤어요. 마치 절규하듯이 그렇게 소리쳤어요. 나는 거기서 완전히 질려버렸어요.

"그래서 홧김에 서방질한다고 백장미 씨에게 10억에 팔려가기로 결정하셨습니까?"

"아닙니다!"

내가 윤창훈 씨를 딱 바라보며 조금은 날카롭게 질문을 하자, 윤창훈 씨가 얼른 손을 내저으며 대답했다.

"홧김에 팔려간 것은 결코 아닙니다. 나를 사겠다는 백장미 씨가 나를 진정으로 애절하게 오랫동안 사랑하고 있었다는 고백을 듣고 처음엔 무척 놀라고 당황했었죠. 그랬지만 그래도 내가 애리엄마를 사랑하는 사랑을 뒤덮어버린 정도는 아니었는데, 애리엄마가 돈벌레로 악마로 변신한 모습을 보는 순간 지금까지 내가 애리엄마를 사랑했던 사랑탑이 와르르 무너져 내렸어요."

"그래서 결국 팔려 갔습니까?"

"정말 죄송합니다."

윤창훈 씨가 갑자기 자리에서 벌떡 일어났다.

"오늘은 약속이 있습니다. 내가 할 얘기는 아직도 많아요. 나중에 얘기합니다."

"윤창훈 씨 그러지 말고 오늘……"

윤창훈 씨는 잡으려는 내 손을 딱 뿌리치고 마치 누군가에게 쫓기는 사람처럼 허둥지둥 밖으로 나가버렸다.

나는 잠시 닭 쫓던 개 지붕 쳐다보는 꼴이 되어 그 자리에 멍하니 앉아 있었다.

떡볶이 장사하는 백장미

며칠 후, 정확하게 말하면 내가 윤창훈 씨를 만나고 온 뒤 3일 지난 뒤였다. 아무리 전화해도 받지 않던 진 여사한테서 전화가 왔다.

"어떻게 된 거예요? 왜 전화도 안 받고 그래요?"

나는 윤창훈씨를 만났다는 얘기는 하지 않고 무조건 윽박지르듯 따졌다. 그랬더니 진 여사가 약간은 기운이 빠진 목소리로 말했다.

"나한테 그럴만한 사정이 있었어요. 선생님껜 정말 죄송해요. 전화라도 했었어야 되는데 아무하고도 연락도 하고 싶지 않을 만큼 큰 사정이 생겨서 전화를 안했던 거예요. 용서하세요."

"알겠습니다. 진 여사님이 그렇게 사과를 하시는데 제가 사과를 안 받아주면 안 되겠죠. 좋아요. 진 여사의 사과를 받아주겠습니다. 그런데 언제 또 만나주시겠습니까?"
"선생님, 제가요. 선생님을 만나고 할 그런 기분이 아니에요. 그래서 전화로 말씀드릴까 하는데, 전화로 말씀을 드리면 안 될까요?"
"아, 아닙니다. 괜찮아요. 전화로 말씀하세요."
"선생님, 그 동안 있었던 여러 얘기를 다 하자면 끝이 없고요."
진 여사는 잠시 생각하는 듯하다가 다시 얘기를 계속했다.
"이럴 때 거두절미라는 말이 맞는가, 모르겠는데요. 거두절미하고, 나는 결국 창훈 씨를 협박하고 설득해서 백장미 씨한테 10억에 팔았어요."
"순순히 팔려가던가요?"
"내가 중매쟁이가 되어 백장미 씨를 만나게 해주었는데 남녀관계라더니, 글쎄 한번 만나고는 정분이 났는지 내 뜻에 따르겠다고 하더라고요. 그래서 마치 애견을 데리고 가서 넘겨주고 돈을 받는 것처럼 그렇게 창훈 씨를 데리고 나가서 백장미 씨에게 인수인계를 해주고 10억을 받아왔어요. 그때 내 기분은 마치 황홀한 꿈을 꾸고 있는 것 같았어요. 내가 정말 10억 부자란 말야? 내 손에 정말 10억이 들어왔단 말야? 그런 생각에 빠져서 쓸쓸히 내 곁을 떠나가는 창훈 씨에게 인사도 하지 않았어요. 행여나 마음이 변해 돌아서기라도 할까봐 겁나서 얼음같이 싸늘한 표정을 짓고는 고개를 돌려 딴 곳을 바라보고 있었어요."

"그래서 그 10억으로 무얼 하셨습니까?"

"1억으로 집도 사고 양품점도 하나 마련하고, 나머지 9억은 경기도에 가서 땅을 샀어요. 그때는 땅 한 평에 얼마 안 할 때라 엄청 많이 살 수 있었어요. 그리고는 애리를 키우며 행복하게 살았어요. 그랬는데 애리가 대학 1학년 때 어느 건설회사에서 찾아와서 그 땅에 아파트를 건설하려고 하니까 땅을 팔라는 거예요. 그래서 얼마나 주겠냐고 했더니 110억을 주겠다는 거예요. 나는 깜짝 놀랐어요. 보물처럼 땅에다 묻어둔 돈이 16년 동안에 열 배도 넘게 자라서 나한테로 오는 거예요. 그래도 땅을 팔기 싫었죠. 그런데 그 건설회사가 뒷배경이 엄청난 회사라 잘못하면 내가 다칠 것 같아서 세금은 회사가 물고 내 손에 110억을 다 쥐어줘라. 그러면 팔겠다, 그랬더니 건설회사가 그러겠다며 곧바로 계약하고 나한테 110억을 넘겨줬어요."

"갑부가 되셨네요."

"그렇죠. 동대문 옷가게에서 점원 하던 계집애가 졸지에 강남 졸부녀가 된 거예요. 그런데 그것이 문제였어요."

"갑부가 됐는데 뭐가 문제가 됐다는 겁니까?"

"참, 나도 알 수가 없었어요. 돈 110억이 내 손에 딱 들어오는 순간 정말 알 수 없게도 윤창훈 씨가 생각나는 거예요. 그때까지 의도적으로 까맣게 잊고 살았던 윤창훈 씨가 불현 듯 생각이 나는 거예요."

"왜 잊고 있던 창훈 씨가 생각이 났죠?"

"왜 생각이 났겠어요. 그때 계약서를 쓸 때 만일 창훈 씨가 내게로 오면 10억을 반환하기로 했었잖아요."

"그래서요?"

"그래서 겁이 나서 잊고 살았는데 110억이 손에 들어오니까 10억을 백장미 씨에 주고 창훈 씨를 도로 찾아야겠다는 욕심이 생긴 거예요. 그러니까 지금까지 까맣게 잊고 살았던 창훈 씨가 갑자기 백마 탄 왕자가 되어 나를 향해 달려오는 환상이 떠오르며 못 견디게 그립고 보고 싶은 거예요. 그래서 창훈 씨를 도로 찾아야겠다는 결심을 하게 됐죠."

"그래서요?"

"그래서 심부름센터를 시켜서 백장미 씨가 어디서 무얼 하고 사는지 알아보라고 했죠. 그랬더니 며칠 후, 심부름센터에서 연락이 왔더라고요. 무슨 사정이 있었는지는 모르지만 백장미 씨가 경기도 어느 작은 시의 초등학교 앞에서 떡볶이가게를 하며 살고 있는 것과 그 부근의 24평 연립에 월세를 살고 있다는 것을 알려줬어요. 그 보고를 받는 순간, 나는 됐다 싶더라고요. 연립에서 월세를 살며 떡볶이가게를 하는 어려운 살림살이를 하고 있다면 열녀가 아닌 이상 10억을 도로 준다고 하면 냉큼 윤창훈 씨를 내놓을 것이라는 확신이 오더라고요. 나는 이보다 절호의 기회는 없다, 하늘이 내게 내린 일생

일대의 기회다 싶더라고요. 그래서 다음 날 바로 백장미 씨가 경영한다는 학교 앞에 있는 떡볶이가게를 찾아갔어요. 가서 보니까 말이 가게지 아이들 열 명도 앉지 못할 좁은 가게였어요."

"어서 오세요. 떡볶이 사시려고 그러세요?"

내가 가게 앞에 서자, 백장미 씨가 나를 바라보며 반갑게 인사를 하더라고요. 16년의 세월이 흐른 탓인지 나를 금방 알아보지 못하더라고요.

나는 안으로 들어가서 의자에 엉덩이를 붙이고 자리를 잡아 앉았어요.

"떡볶이 일인분만 주세요."

"드시고 가실 건가요?"

"예."

나는 그러면서 백장미 씨를 뜯어보았어요. 고운 자태는 옛날 그대로 남아 있었으나 무슨 사연으로 험악한 세월을 살았는지 나이보다 훨씬 늙어 보이고, 초라한 장사꾼의 모습을 그대로 풍기고 있었어요.

'사연을 들어볼 것도 없어. 이런 처참한 신세로 전락했다면, 돈 십억이라면 남편 아니라 자기 목숨이라도 팔 거야, 반드시!'

나는 이런 자신감을 가지고 속으로 썩은 미소를 짓고 있었어요.

이윽고 백장미 씨가 떡볶이 일인분을 내 앞에 가져다 놓았어요. 마침 아이들도 없는 시간이고 해서 내가 내 앞자리를 가리키며 말했어요.

"좀 앉으세요."

"왜 그러세요?"

"할 얘기가 좀 있어요."

"할 얘기라고요?"

백장미 씨가 의아해하는 표정으로 나를 잠시 바라보다가 자리에 앉았어요. 내가 먼저 물었어요.

"혹시 제가 누군지 모르겠어요?"

"글쎄요. 저는 잘……"

"놀라지 마세요. 제가 바로 언젠가 백장미 씨한테 내 남편 윤창훈 씨를 10억에 팔았던 여자에요. 이름은 진유미."

"옛?"

그제야 백장미 씨가 놀라서 눈을 똥그랗게 떴어요.

나는 그런 백장미 씨를 잠시 바라보고 있었어요. 그러자 백장미 씨가 가까스로 감정을 수습하여 침착한 태도로 질문했어요.

"그러고 보니까 옛 모습이 조금은 남아 있군요. 근데 그때보다 더 젊어진 것 같고 더 예뻐진 것 같군요."

"당연하죠. 사람은 잘 먹고 잘 살게 되면 얼굴도 피어나고

늙지도 않는 법이랍니다."

"아무튼 알아 뵙지 못해서 죄송해요. 근데 오늘 저를 어떻게 찾아오신 거예요?"

백장미 씨는 찾아온 내가 아무래도 수상해 보였던지 찾아온 용건을 물었어요. 그래서 나는 넘치는 여유를 가지고 말했어요.

"백장미 씨 팔자를 확 고쳐주려고 찾아온 거예요. 팔자를 확 고쳐 버리고 싶지 않으세요?"

"팔자를 확 고치다니, 그건 또 무슨 말씀이세요?"

"제가 오늘 10억을 가지고 제 전 남편 윤창훈 씨를 도로 찾으려고 온 거예요."

"옛?"

백장미 씨가 깜짝 놀랐어요. 나는 여유 있게 미소까지 지으며 말했어요.

"왜 그렇게 놀라세요. 제가 제 남편을 도로 찾겠다는데 그것이 그렇게 놀랄 일인가요?"

"지금 왜 이러세요!"

백장미 씨가 갑자기 정색을 하고 버럭 화를 내면서 자리에서 일어났어요. 그러면서 나를 공격했어요.

"난 창훈 씨를 10억에 살 때 나중에 10억을 가져오면 남편을 도로 내 주겠다고 한 적이 없어요."

"계약서에 창훈 씨가 내게로 오면 10억을 반환하라고 되어 있는 줄 알고 있는데요."

"그것은 창훈 씨가 스스로 백장미 씨에게로 갔을 때의 상황이에요."

"그러니까 자신 있으면 창훈 씨를 데리고 가 봐라, 이건 가요?"

"그 질문에 내가 꼭 대답해야 될 이유가 있는 것 같지 않네요."

"좋아요. 자신만만하군요. 그럼 그러죠. 내가 창훈 씨를 설득하도록 하죠."

"설득하든지 구워삶든지 맘대로 하세요."

"백장미 씨 10억이면 아파트도 하나 살 수 있고 가게도 번듯한 것을 장만할 수 있어요. 한마디로 팔자가 확 펴집니다. 그런데도 늙어서 크게 쓸모도 없을 창훈 씨를 지키기 위해 이런 고생을 계속하시겠어요? 아들이 둘 있다고 알고 있는데 아들들을 위해서도 내 제안을 받아드리는 것이 좋지 않을까요?"

"아무 말도 더 듣고 싶지 않아요. 백장미 씨에겐 10억이 남편보다 소중했는지 모르지만 난 10억보다 남편이 더 소중하니까 그렇게 알고 가주세요."

"좋아요. 가라면 가죠. 하지만 백장미 씨는 결국 내 제안을 받아드려야 될 거예요."

나는 자신만만한 태도를 보이며 떡볶이가게를 나왔어요. 그때까지만 해도 나는 자신만만했어요. 그런데 며칠 후, 나는 상상도 못했던 높은 벽과 딱 맞닥뜨리고 말았어요. 정말 상상도 못했던 높은 담벼락이었어요.

쏟아버린 커피한잔

진유미 씨가 갑자기 말을 중단하고는 긴 한숨을 내쉬었다.

나는 무슨 일인가 궁금해 하며 기다렸다. 그러다가 제법 한참 기다렸는데도 말이 없어서 내가 먼저 재촉했다.

"상상도 못했던 높은 담벼락이라니, 만리장성보다 높았습니까?"

"그럴지도 모르겠군요."

진유미 씨가 그러고는 다시 얘기를 시작했다.

난 창훈 씨를 만나 설득할까 하다가 그건 어쩐지 내가 좀 옹색해 보일 것 같아서 어떻게든지 백장미 씨를 먼저 설득해야 된다고 판단했어요. 왜냐하면 그래야 창훈씨를 만나서, '이거 봐요. 백장미 씨도 궁색하니까 당신을 10억 받고 도로 주

겠다고 하잖아요. 사람은 누구나 그렇다구요.'

그렇게 간단히 말할 수 있는 명분이 설 것 같았기 때문이었어요.

그런데 두 번째로 아이들이 공부할 조용할 시간에 내가 백장미 씨를 찾아갔을 때 백장미 씨는 기세가 더욱 등등하여 나를 가게 안에 발도 들여놓지 못하게 했어요.

"무슨 하실 말씀이 있어서 또 찾아왔는지 모르지만 할 얘기 있으면 거기 서서하고 가세요."

"참 답답하군요. 돈 10억이 그렇게 우습게 보이세요?"

그 순간, 백장미 씨가 야릇한 비웃음을 머금고 진지하게 질문했어요.

"창훈 씨를 진심으로 도로 찾아가고 싶으세요?"

"물론이죠. 나도 그분을 못 견디게 사랑하고 있으니까요."

"정말 그렇게 사랑하고 있으세요?"

"하늘을 두고 맹세할 수 있어요."

"좋아요. 그렇게 사랑한다면 나도 양보할 마음이 있어요."

"진심이세요?"

나는 백장미 씨가 양보할 수 있다고 해서 눈을 크게 뜨고 반문했어요. 그러자 백장미 씨가 고개를 끄덕이며 말했어요.

"그런데 조건이 하나 있어요."

"그 조건이 뭔가요?"

"지난번에 백장미 씨가 다녀간 뒤 나 혼자서 가만히 계산을 해봤어요. 내가 백장미 씨에게 10억을 준 뒤 16년의 세월이 흘렀어요. 그 동안의 물가상승과 인플레 된 것을 감안할 때 만일 꼭 창훈 씨를 내게서 도로 찾고 싶으시다면 적어도 110억은 줘야 타당하다는 결론을 내렸어요. 110억을 내놓을 수 있겠어요?"

"뭐라고요?"

순간, 나는 너무 뜻밖의 반격을 당하고 얼떨떨해졌어요. 하지만 백장미 씨의 말이 옳았어요. 그때 받은 10억 가운데 1억을 빼고 9억만 땅에 묻었는데도 그것이 110억이 되어 돌아왔으니까요. 그런데 막상 110억을 다 내어놓으라니까 내 마음이 선뜻 움직이지 않았어요. 더 솔직히 말하면 턱도 없는 소리였어요. 하지만 그때 정말 창훈 씨를 사랑해서 꼭 도로 찾고 싶었다면 백장미 씨의 제안을 받아드려서 110억을 다 주고라도 창훈 씨를 도로 찾았어야 했어요. 그런데 10억 정도라면 몰라도 그 이상은 허락되지 않았어요. 그래서 거부했어요.

"난 백장미 씨의 제안은 받아드릴 수 없어요. 그러니까 내가 연락처를 남겨두고 갈 것이니까 10억에 창훈 씨를 돌려주고 싶은 마음이 생기면 그때 연락하세요."

"결코 연락할 일 없을 거니까 기다리지 마세요."

"그래요?"

나는 백장미 씨가 너무나 도도하고 당당한 모습으로 말하는 것을 보고는 정말 화가 났어요. 그래서 은근한 협박을 했어요.

"그러시면요. 제가 창훈 씨를 찾아 간 뒤 소송을 해서 백장미 씨가 한 푼도 못 받아가게 할 수도 있어요."

"그러세요. 그렇게 할 수 있다면 그렇게 하세요."

백장미 씨는 창훈 씨를 굳게 믿는 구석이 있는지 끝까지 도도했어요. 전혀 허물어질 빈틈을 보이지 않았어요.

'그래 어디 두고 보자. 네가 얼마나 견디는지 보자고?'

나는 이빨을 부드득 갈아 부치며 돌아섰어요. 그리고 무슨 수단 방법을 다 동원해서라도 창훈 씨를 설득할 결심을 했어요.

심부름센터에서 준 정보에 의하면 창훈 씨는 매일 집에서 책을 읽거나 글을 쓴다고 했어요. 가끔 외출할 때가 있는데, 대부분 부근에 있는 공원을 한 바퀴 돌며 산책을 하거나 가벼운 운동을 한다고 했어요. 어쩌다가 한번씩은 B시의 중심부에 위치해 있는 <금강산>이란 카페에 가서 커피를 마시며 명상에 잠길 때도 있다고 했어요.

나는 어떤 장소가 제일 좋을까 궁리하다가 창훈 씨가 산책할 때 공원에서 맞닥뜨리는 것이 가장 좋겠다고 생각했어요. 그래서 공원에서 작전을 할 결심을 하고 대강 내 나름대로 계획을 세웠어요.

며칠 후, 나는 창훈 씨가 산책을 나오는 그 시간에 공원에 가서 기다렸어요. 초가을이라 날씨도 좋고 시원한 가을바람도 불어와서 산책을 하기엔 아주 좋았어요.

나는 창훈 씨가 나타날 지점의 벤치에 앉아 창훈 씨를 기다렸어요. 혹시라도 창훈 씨가 알아볼까봐 검은 선글라스를 끼고 있었어요. 그리고는 마치 먹이를 기다리는 치타같이 숨을 죽이고 창훈 씨를 기다리고 있었어요.

이윽고 창훈 씨가 나타났어요. 오후 6시가 조금 지난 시간에 정말 거짓말같이 창훈 씨가 나타나서 내 앞으로 천천히 걸어오고 있었어요.

내 가슴은 마치 호랑이를 만난 토끼가슴처럼 콩콩 뛰기 시작했어요. 사랑하는 사람을 만났을 때와는 전혀 다른 이상한 두근거림이었어요. 아마도 내가 창훈 씨를 10억이란 거금을 받고 팔아먹은 일에 대한 죄책감과 반감이 뒤섞여서 그렇지 않았나 싶었어요. 하여간 창훈 씨는 금세 내 앞으로 다가왔어요. 나는 그래도 아무렇지도 않게 가만히 앉아 있었어요. 그러자 창훈 씨가 나를 못 알아보고는 내 앞을 그냥 스쳐지나갔어요.

"창훈 씨!"

나는 그렇게 부르고 싶은 충동을 느꼈지만 꾹 참고 얼른 몸을 일으켰어요. 그리고 일정한 거리를 두고 창훈 씨를 뒤따라갔어요.

'어떻게 한다? 어떻게 해야 좋지?'

나는 걸어가면서 계획했던 여러 가지 상황들을 떠올리며 가장 좋은 방법을 찾으려고 끙끙거렸어요. 그러다가 20여 미터

쯤 걸어갔을 때 나는 마침내 굳게 결심을 하고 큰 소리로 창훈 씨를 불렀어요.

"애리아빠! 애리아빠!"

창훈 씨는 내가 두 번 소리쳐 부르자 멈칫 서더니 뭔가 확인이라도 하듯 돌아보았어요.

그 순간, 나는 얼른 끼고 있던 선글라스를 벗었어요. 그러자 곧 창훈 씨와 내 눈동자가 의논이라도 한 듯 딱 마주쳤어요.

순간, 창훈 씨가 돌비석처럼 새하얀 모습으로 굳어졌어요. 나는 그런 창훈 씨를 말없이 바라보고 있었어요. 창훈 씨도 그렇게 돌비석이 된 채 나를 바라보고만 있었어요.

'안 돼! 더 이상 꾸물거리면!'

그때 내 또 다른 자아가 나를 향해 꾸짖듯 소리쳤어요. 그래서 나는 얼른 몸을 움직여 앞으로 한발 다가가며 작전을 개시했어요.

"정말 오래간 만이에요. 애리아빠, 나 애리엄마에요. 설마 나를 잊어먹은 것은 아니시겠죠?"

"……"

창훈 씨는 말없이 입을 꾹 다문 채 한참 뭔가를 생각하다가 이윽고 나를 보며 질문했어요.

"나를 만나러 온 것입니까? 아니면 우연히 만나게 된 것입니까?"

"……"

이번엔 내가 대답을 않고 잠시 생각에 잠겼어요. 우연이라고 하면 모양새는 좋으나 '안녕히 가세요.' 하고 가면 내가 난처한 입장에 빠질 것 같았어요. 그래서 정면으로 맞닥뜨릴 결심을 하고 솔직히 말했어요.

"창훈 씨를 만나려고 기다리고 있었어요."

"지금에 와서 왜 나를 만나려고 찾아온 거죠?"

"긴히 할 얘기가 있었어요."

"긴히 할 얘기가……"

창훈 씨는 알 수 없다는 듯한 표정으로 고개를 갸웃뚱하고는 말했어요.

"긴히 할 얘기가 뭔지는 모르겠습니다만 천천히 걸으면서 얘기해요."

"그럴까요. 그게 편하다면 그렇게 해요."

나는 창훈 씨 옆으로 서서 천천히 걸으면서 말했어요.

"단도직입적으로 말할 게요. 나 창훈 씨를 도로 찾아가려고 왔어요."

"10억 받고 팔았잖아요. 그런데 어떻게 도로 찾아갈 수가 있어요?"

"10억을 주고 찾아갈 생각이에요."

"이자도 안 주고 원금만으로 나를 찾을 수 있다고 생각하세요?"

"이자를 달라면 줄 생각이에요."

"이자를 얼마나 주실 건데요."

"그건 계산해 봐야죠."

"만일 내가 안 가겠다고 한다면 어떻게 하실 건데요?"

"애리아빠, 난 지금은 애리아빠를 못 견디게 사랑하고 있어요."

"사랑하고 있다고요?"

창훈 씨가 걸음을 딱 멈추고 나를 뚫을 듯 똑바로 바라보면서 재차 확인하듯 질문했어요.

"정말 아직도 나를 사랑하고 있소?"

"물론이에요."

나는 목이 메는 것을 애써 참으며 천천히 말했어요.

"가난에서 해방되고 싶어서, 당신의 딸 애리를 일류인생으로 만들기 위해서 독사같이 독한 맘을 먹고 당신을 백장미 씨에게 10억을 받고 팔기는 했지만 정말 어느 날 하루 한 순간도 애리아빠를 잊고 산 적이 없었어요. 낮에는 일에 빠져서 살았지만 해가 지고 밤이 되면 당신이 찾아올 것만 같아 집 앞을 바라보고 또 바라보며 긴긴 세월을 지내왔어요. 이젠 애리도 대학생이 됐어요. 아빠가 보고 싶다고, 아빠를 만나게 해 달라고, 울며 매달릴 때마다 내 가슴이 바늘로 쑤시는 것같이 아팠어요. 그래도 참고 참다가 돈 10억이 마련되어서 이제 찾아야겠다고 결심하고 이렇게 왔어요. 애리아빠가 애리와 내 곁으로 와주면 난 아무 말하지 않고 계약서에 명시된 대로 백장미 씨에게 10억을 드리겠어요. 그러면 아무 문제가 없어요. 애리아빠만 결심해 준다면 모든 문제가 해결되어요. 그러니까 그동안 당신 없이 살아온 애리와 나를 생각해서 애리아빠가 제발 큰 결심을 한번 해주세요."

나는 울면서 간절히 말했어요. 그러자 창훈 씨가 갑자기 주위를 두리번거리며 말했어요.

"아, 왜 갑자기 커피가 마시고 싶지? 커피 한잔 뽑아오겠소?"

"예, 벤치에 앉아 계셔요. 제가 금방 뽑아올 게요."

나는 저만큼 있는 커피자판기를 향해 바삐 걸어갔어요. '커피를 마시려고 하는 것을 보니까 내가 한 말이 씨가 먹혔나보다. 애리와 내 곁으로 오기로 작정했나보다.' 그런 긍정적인 생각만 하면서 커피자판기로 갔어요. 그리고 커피 두 잔을 뽑아서 창훈 씨 앞으로 갔어요. 그리고 종이컵을 창훈 씨에게 내밀었어요. 그러자 창훈 씨가 커피 잔을 받았어요. 그리고 나를 한번 흘끔 바라보았어요. 그리고는 내 앞에 쭈그리고 앉더니 종이컵에 담긴 커피를 땅바닥에 쏟아 부었어요.

"아니, 왜 커피를?"

나는 놀라서 떨면서 말했어요. 그러자 창훈 씨가 말없이 일어서더니 빈 종이컵을 나한테 내밀었어요. 나는 영문도 모르고 종이컵을 받았어요, 그러자 창훈 씨가 말했어요.

"진유미 씨의 진심은 나도 알만해요. 근데요. 내가 지금 땅에 쏟아 부은 커피를 다시 그 컵에 담아서 나에게 준다면 내가 그 커피를 마시고 지금 당장 진유미 씨를 따라가겠소. 그렇게 할 수 있겠소?"

"애리아빠, 이게 무슨 무례한 짓이에요? 나를 조롱하는 거예요?"

"세상에는 돌이킬 수 없는 일이 있소. 돌이킬 수 없는 일에 시간을 쓰는 것은 시간 낭비요. 두 번 다시 나를 찾아오지 마세요."

창훈 씨가 그러고는 천천히 몸을 돌려 뚜벅뚜벅 걷기 시작했어요.

나는 정말 화가 났어요. 그리고 정말 궁금한 것을 묻고 싶었어요. 그래서 다시 창훈 씨를 불러 세웠어요.

"애리아빠!"

창훈 씨가 멈추고 돌아보았어요. 나는 따지듯 질문했어요.

"그때 끝까지 거부하지 않고 왜 백장미 씨를 따라갔죠?"

"백장미 씨를 만나봤을 때 백장미 씨야 말로 진짜 나를 사랑하는 사람이고 내가 진정 바랐던 사람임을 알았기 때문이었소."

"뭐라고요?"

순간, 나는 너무나 큰 충격을 받고 들고 있던 커피 잔을 나도 모르게 떨어뜨렸어요. 커피가 내 구두에 얄궂은 그림을 그리며 흘러내렸어요. 창훈 씨는 그런 내 모습을 등지고는 천천히 공원 저쪽으로 걸어가기 시작했어요.

그 순간, 내 뇌리에 번쩍 번개처럼 스쳐오는 영상이 있었어요. 그것은 창훈 씨와 제주도에 신혼여행을 갔을 때, 창훈 씨가 바닷가에서 매미전설을 얘기해주던 것이었어요.

"정승 감사 매양, 매양…."

그 매미소리가 내 귓전에 울렸어요. 순간, 나는 창훈 씨를 도저히 도로 찾을 수 없겠다는 절망감을 느끼며 오래도록 그 자리에 그렇게 멍하니 서 있었어요.

진 여사가 거기까지 얘기하고는 갑자기 전화를 뚝 끊었다.

"진 여사님! 진 여사님!

나는 다급하게 전화기에 소리쳤지만 진 여사의 목소리는 영영 다시 들려오지 않았다.

아빠와 딸의 만남

진 여사가 그렇게 일방적으로 전화를 뚝 끊고는 다시 전화를 받지 않았다. 다시 전화를 하지도 않았다.

나는 그래도 인내심을 가지고 진 여사가 전화하기를 기다리고 또 기다렸다. 하루에도 몇 번씩 전화를 해보기도 했다. 도무지 전화를 받지 않았다. 핸드폰도 집 전화도 모두 받지 않았다. 다시 전화를 하지도 않았다. 나는 그렇게 일주일을 기다렸다.

진 여사에게 무슨 중대한 상황이 벌어졌다는 것은 직감할 수 있었지만 어떻게 알아볼 방법이 없었다. 나는 애를 태우다가 다시 편법으로 윤창훈 씨를 만나기로 작정하고 전화했다.

윤창훈 씨가 전화를 받았다. 그래서 나는 실례를 무릅쓰고 다시 한 번 만나고 싶다고 내 의중을 말했다. 그랬더니 천만다행이도 윤창훈 씨가 나를 만나주겠다고 했다. 나는 이판사

판 공사판으로 연락했었는데 만나주겠다는 큰 수확을 얻게 되었다.

이틀 후, 윤창훈 씨와 나는 B시에 있는 윤창훈 씨의 단골카페에서 만났다. 구면이라 반갑게 인사하고 커피를 시킨 후, 탁자를 사이로 마주보고 앉았다. 주문한 커피가 나왔다.

"오늘은 또 왜 나를 만나자고 했습니까?"

윤창훈 씨가 커피를 조금 마시고는 나에게 먼저 용건을 물었다.

"저어 그게 실은…."

나는 조금 망설이다가 솔직히 털어놓았다.

"지난번에 진 여사가 전화로 창훈 씨를 찾아갔던 얘기와 창훈 씨가 종이컵의 커피를 땅에 쏟아 붓고 그것을 다시 종이컵에 담으면 내가 당신 곁으로 가겠다는 최후통첩을 남기고 자기 곁을 떠나갔다는 얘기까지 했어요. 그리고는 갑자기 전화를 딱 끊고는 지금까지 전화를 하지도 받지도 않고 있습니다. 그래서 진 여사를 다시 만날 방법도 없고 해서 궁리 끝에 윤창훈 씨를 만나보고 싶어서 실례를 무릅쓰고 전화를 올린 겁니다. 그 다음 얘기는 아무래도 윤창훈 씨가 더 확실히 알고 있을 것 같은 느낌에 이렇게 실례를 무릅쓴 것입니다. 내 판단이 틀린 것입니까?"

"아닙니다. 최 선생님의 판단은 정확했다고 볼 수 있습니다."

윤창훈 씨는 이미 마음 정리가 다 되어있는 듯 조금도 망설이지 않고 말했다.

"진유미 씨는 그날 나한테서 도저히 돌이킬 수 없다는 판단을 한 것 같아요. 그래서 진유미 씨는 대학생이 된 우리 둘 사이에서 태어난 애리라는 딸을 통해 내 마음을 움직여보려고 작정을 변경했던 것 같아요."

"어떻게 말입니까?"

나는 윤창훈 씨를 잘 불러냈다는 생각을 하며 진지하게 물었다. 그러자 윤창훈 씨는 잠시 생각을 정리하는 듯 입을 다물고 있다가 곧 얘기를 시작했다.

어느 날, 내가 카페에 앉아 커피를 마시고 있는데, 아주 청초한 모습의 여대생 하나가 내 앞에 와서 서며 나를 바라보고 있는 겁니다. 그래서 내가 의아해하며 물었죠.

"나한테 무슨 볼일이 있어서 왔는가?"

"아빠, 나 애리에요."

애리가 눈물을 글썽해서는 정식으로 자기 신분을 나한테 밝히는 거예요. 나는 아찔했습니다. 갑자기 무슨 말을 어떻게 해야 될지 모르겠더라고요. 그래서 입을 꾹 다문 채 애리를 바라보고만 있었습니다. 그랬더니 애리가 닭똥 같은 눈물을 뚝뚝 떨어뜨리고는 침착한 태도로 말했습니다.

"나 대학생이에요. 엄마를 통해 아빠가 내 곁을 떠나간 사정은 자세하게 죄다 얘기 들었어요. 잘못은 전적으로 엄마에게 있었어요. 그러니까 나한테 조그마한 죄의식도 갖지 마세요. 난 다만 죽은 줄만 알았던 아빠가 살아있다는 사실에 놀라고 흥분했어요. 그래서 엄마의 만류에도 불구하고 아빠를 한번 만나보고 싶어서 이렇게 무례를 무릅쓰고 불쑥 찾아온 거예요."

"……"

나는 아무 말 없이 애리가 말하는 모습을 지켜보고만 있었어요. 세 살 때 헤어져서 16년의 세월이 지난 탓에 처음엔 전혀 알아보지 못했으나 말하는 모습을 지켜보고 있으면서 눈과 코와 눈썹 등이 어릴 적 모습 그대로라는 것을 느낄 수가 있었습니다. 하지만 무슨 말을 어떻게 해야 될지 잘 생각이 나지 않아서 꿀 먹은 벙어리처럼 입을 꾹 다물고 있었습니다. 그러자 애리가 손수건으로 눈물을 닦고는 내 앞자리에 앉았어요. 그리고는 다시 말했습니다.

"아빠를 막상 이렇게 만나고 보니까 만감이 교차하며 나를 혼란스럽게 하는군요. 아빠를 찾아온 용건조차도 갑자기 까맣게 잊어먹을 정도로 나는 지금 아빠를 만났다는 기쁨과 감동과 흥분에 몸이 떨고 있어요. 아빠, 하지만 나한테 조그마한 부담감도 가지 마세요. 난 아빠한테 조그마한 원망도 비난도 할 마음이 없어요. 아빠가 나를 얼마나 사랑하다가, 나를 품에 안고 얼마나 울다가, 울다가 내 곁을 떠났는지 엄마를 통해 죄다 얘기를 들었기 때문이에요. 오늘 제가 이렇게 아빠를 찾아온 것은 아빠가 편하게 맘만 먹으면 아무것도 아닌 아주 가벼운 소원이 하나 있어서 왔어요. 내 소원을 들어주실 수 있겠어요?"

"소원?"

나는 애리가 무슨 말을 할까를 잠시 생각하다가 고개를 끄덕이며 말했습니다.

"가벼운 소원이라면 들어주지. 뭔지 한번 말해봐?"

"제 소원은요."

애리가 나를 잠시 바라보다가 말했어요.

"난요. 아빠와 단 하루만이라도 즐겁게 놀아보고 싶은 것이 소원이었어요. 제 소원을 들어주실 수 있겠어요?"

"....."

나는 입을 다물고 애리를 새삼 바라보았습니다. 애리의 뒤에 애리를 조종하고 있는 진유미 씨의 계획이 있다는 것을 어렴풋이 느꼈기 때문입니다. 하지만 애리가 내 앞에서 울며 말할 때에 이미 내 감정은 모두 정리가 되어 있었어요. 애리와 헤어질 때, 본의 아니게 애리와 헤어질 때 너무나 많이 울었기 때문에, 너무 슬퍼서 울고 또 울었기 때문에, 그리고 최후에 모든 감정을 깡그리 정리하고 애리를 떠났기 때문에, 그 뒤에 애리를 의도적으로 잊어버리고 살았기 때문에 만남의 희열이나 옛 슬픔이 되살아나거나 하는 지극히 인간적인 감정은 나한테 조금도 남아 있지 않았습니다. 그래서 애리를 만나고 애리와 말을 주고받을 때도 전혀 부담스럽지 않았습니다. 어디 먼 여행을 다녀온 애리와 만나고 있는 것 같은 그런 기분이 기도했습니다.

"좋아!"

나는 마침내 결정을 했습니다.

"소원이라는데, 아빠랑 하루 놀아보는 게 소원이라는데, 그런 소원이야 백 번들어줘야지. 그런데 어떻게 놀아주면 되겠니?"

"제 소원을 들어주셔서 고마워요. 난 그냥 오전 9시쯤 아빠를 만나 오후 7시까지 놀고 싶어요. 단 내가 가자는 곳을 아빠가 따라와 주면 되겠어요. 그렇게 해줄 수 있겠어요?"

"알았어. 애리가 하자는 대로할 게."

애리와 나는 그렇게 합의를 보았습니다.

이틀 후, 토요일 오전 9시에 나는 과천 어린이대공원 앞에서 애리를 만났습니다. 애리는 약속을 지킨 나에게 매우 고마워했습니다.

"아빠, 내가 초등학교에 다닐 때 무엇이 제일 하고 싶었는지 아세요?"

"글세?"

"아빠랑 함께 놀이공원에서 맘껏 놀아보는 것이었어요."

"그럴 수도 있었겠구나."

나는 애리와 나란히 걸어가며 이런저런 얘기를 나누었어요. 그러면서 우리는 먼저 동물구경부터 했어요. 기린, 사자, 하마, 코끼리, 호랑이, 물개 등등을 애리와 손을 잡고 즐겁게 돌아다니며 구경했어요.

"아빠!"

그런 어느 순간, 애리가 원숭이를 구경하다가 엄마 원숭이가 아기 원숭이를 업고 있는 모습을 보고는 문득 새삼 뭐가 떠오른 듯 말했어요.

"내가 아기였을 때 아빠가 나를 저렇게 업어주기도 하며 키웠다면서요?"

"누가 그래?"

"엄마가 그랬어요."

"그랬었지."

나는 문득 애리를 등에 업고 자장가를 불렀던 옛일을 떠올리며 말했습니다.

"자장가도 참 많이 불렀지. 우리 애리는 그래도 착해서 내가 자장가를 불러주면 금방 잠이 들었었지."

"그러면 아빠는 뭐했어요?"

"아빠는 널 재워놓고 글을 썼다."

"글 쓰시려고 날 재웠구나."

그러면서 애리와 나는 얼굴을 마주 하고 누가 먼저랄 것도 없이 즐겁게 웃었습니다.

우리는 그렇게 동물구경을 끝내고 점심을 먹었습니다. 그리고 오후에는 놀이기구를 타러갔어요. 이것저것 바라보며 청룡열차, 말 타기, 해적선을 비롯하여 모든 것을 잊고 애리와 함께 어린이가 된 기분으로 모처럼 즐거운 하루를 보냈어요. 그런 후, 6시에 저녁을 함께 먹었어요. 그러고 나니까, 7시 헤어지는 시간이 됐어요.

나는 전철역까지 애리를 바라다 주었어요. 그리고 마지막 이별의 악수를 했어요. 그러자 애리가 내 손을 꼭 잡고 애원하는 눈빛으로 나를 바라보며 말했어요.

"아빠, 오늘 한 번으로는 너무 아쉬워요. 딱 한 번만 더 만나주세요. 그러면 다시는 만나자고 하지 않을 게요. 내 소원 들어줄 수 있는 거죠?"

"……"

나는 말없이 애리를 잠시 바라보았습니다. 진유미 씨 때문이었기는 하지만 아빠도 없이 어린 시절을 보냈을 애리가 갑자기 측은해 보이더라고요. 그래서 허락했어요.

"딱 한 번만 더 만나는 거다. 그 이상은 안 되는 거다. 알겠지?"

그렇게 되어 그 다음 토요일에 다시 애리를 만났습니다. 그날은 만나서 바로 영화감상을 했습니다. 그리고 극장을 나와서 점심을 먹고 덕수궁으로 갔습니다.

"아빠, 엄마가 그러던데요…."

애리가 덕수궁 안을 걷다가 문득 엄마를 집어넣어서 말했습니다.

"아빠, 집에서 나를 보다가 어느 날 내가 심하게 울어서 혼이 난 적이 한 번 있었다면서요?"

"응, 있었지."

나는 고개를 끄덕였습니다. 16년이 지났는데도 그때의 일이 너무나 생생하게 기억되었습니다.

그 무렵, 나는 오후 4시쯤 되면 으레 애리를 유모차에 태워서 산책을 나갔어요. 그래서 그날도 그렇게 산책을 하고 돌아오는데 애리가 갑자기 울기 시작하는 거예요. 아무리 달래도 달래지지 않고 무엇이 물고 있는 듯이 그렇게 자지러지게 우는 거예요. 나는 어찌할 줄을 몰라 하다가 다세대주택 마당으로 들어갔어요. 그러니까 월세나 전세를 살고 있는 애기엄마들이 무슨 일인가 하고 모두 나왔어요.

"좀, 도와주세요. 애가 무조건 울어요."

나는 너무 다급해서 부끄럼을 무릅쓰고 이웃 애기엄마한테 도움을 요청했어요. 그러자 한 애기엄마가 애리를 나한테 받아서 품에 안고 어떻게 하니까 신기하게도 애리가 울음을 뚝 그쳤어요. 그러자 그 애기엄마가 나를 보며 웃으며 말했어요.

"애기가 무엇을 보고 놀랐나 봐요."

"참……"

나는 도무지 이해가 되지 않아서 멋쩍게 웃었어요. 어쨌든 동네여자들 앞에서 애 키우고 살림을 사는 남자로 발견되어 얼마나 부끄러웠던지 모릅니다. 그 일 말고도 애리를 키우면서 별별 일을 다 겪고, 별별 애 키우는 공부를 다 했습니다.

나는 나도 모르게 옛날 일을 떠올리며 이런 일, 저런 일을 얘기했습니다. 그러는 사이에 애리와 점점 가까워지고, 애리 엄마까지도 끼어들어서 자연스럽게 가족이란 울타리 속으로 굴러들어가는 겁니다.

'이건 아니야!'

나는 화들짝 놀라서 물러섰어요. 애리의 작전에 말려든 것 같은 느낌이 들었기 때문이었어요. 그래서 얼른 나를 바로 세우려고 노력하며 조심했어요.

어쨌든 그렇게 즐거운 시간을 보내다가 6시에 저녁을 먹고 7시가 되어 다시 헤어져야 할 순간을 맞이했어요. 그러자 애리가 편지봉투 하나를 내 주머니에 넣어 주며 아무렇지도 않게 집에 가서 보라고 했어요. 그래서 나도 아무렇지도 않게 그러겠다고 하고는 애리와 이별의 악수를 했어요. 그런데 애리가 내 손을 놓지 않고 말했어요.

"아빠, 한번 만나니까 두 번 만나고 싶고, 그래서 두 번째 만나니까 이제 아빠와 헤어지기 싫어졌어, 아빠 우리 한 집에서 함께 살면 안 될까?"

"뭐?"

순간, 나는 번쩍 정신이 났어요. 무엇에 홀려 있다가 깨어난 느낌이었습니다. 그래서 정색을 하고는 얼른 애리의 손을 뿌리치며 냉정하게 말했습니다.

"한 번도 만나서는 안 되는 일이었다. 이건 계약위반이야. 하지만 너의 소원이라고 해서 계약을 위반하고 만나준 것이야. 아빠는 오래전에 네 앞에서 죽었다. 그러니 다시는 나를 찾아오지도 말고 나를 만날 생각도 하지 마라."

"아빠!"

애리가 눈물을 확 쏟았어요.

그러나 나는 그 눈물을 눈물로 보지 않았습니다.

"네가 영원히 행복하기를 빈다."

나는 그리고 홱 몸을 돌려서 몇 발 걸어갔습니다. 그리고 다시 뒤돌아서서 말했습니다.-

"네 엄마한테 가서 전해라. 어떤 방법으로도 아빠는 다시 돌아가지 않을 것이니까 아빠를 단념하라고 해."

"아빠! 아빠! 아빠!"

애리를 등지고 돌아서서 걸어가는 내 뒤에서 애리의 울부짖듯 한 목소리가 계속 날아왔지만 나는 끝내 뒤돌아보지 않고 도망치듯 어둠이 깔리고 있는 어둠 속으로 바삐 걸어갔습니다.

얼마나 걸었는지 모릅니다. 갑자기 환한 가로등 불빛이 내 시야로 확 다가왔어요. 순간 나는 나도 모르게 걸음을 뚝 멈췄어요. 그리고 애리가 내 주머니에 넣어주고 간 편지봉투를 꺼냈어요. 편지였습니다. 환한 가로등 불빛이 편지를 읽게 만들었어요. 편지 내용은 다음과 같이 되어 있었습니다.

아빠께

아빠, 사랑해요. 진짜 진짜 사랑해요.

아빠, 아빠를 만나면 그 동안 내 가슴에 태산처럼 쌓여있던 그리움과 보고픔의 강물을 맘껏 쏟아놓을 수 있을 것 같았어요. 그런데 아빠를 두 번이나 만나고도 진심으로 내가 하고 싶었던 말은 한마디도 못한 것 같아요. 특히 내 가슴에 예쁜 수정처럼 알알이 응고 되어 있던 한없이 아팠던 내 꿈들은 하나도 얘기하지 못했어요.

아빠, 있잖아요. 내가 어린이놀이터에 다녔던 나이에는 아빠의 손을 잡고 깔깔대며 놀고 있는 친구들이 제일 부러웠어요. 그래서 그때의 내 꿈은 나도 아빠의 손을 잡고 맘껏 깔깔대며 놀아보는 것이었어요.

아빠, 있잖아요. 내가 초등학교 다닐 때에는 아빠한테 선물받은 물건을 들고 와서 자랑하는 친구들이 제일 부러웠어요. 그래서 그때의 내 꿈은 아빠한테 선물을 받아보는 것이었어요.

아빠, 있잖아요. 내가 중학교에 다닐 때에는 비 오는 날 아빠의 우산 속에서 아빠의 손을 잡고 나란히 걸어가는 친구들이 제일 부러웠어요. 그래서 그때의 내 꿈은 나도 아빠의 우산 속에 들어가서 아빠의 손을 잡고 나란히 걸어보는 것이었어요.

아빠, 있잖아요. 근데 고등학생이 되어서는 아빠를 완전히 잊어버렸어요. 한없는 그리움과 보고픔이 미움이 되어 어느 날 산산조각이 나버렸어요. 아녜요. 솔직히 말하면 먼지가 됐어요. 그리고 그 먼지들은 어딘가로 모두 흔적도 없이 훨훨 날아가 버렸어요. 나에겐 아빠가 없어졌어요. 갑자기 사라져 버렸어요. 그리고 그 수많던 아빠에 대한 그리움도 그 먼지들과 함께 깨끗이 사라져버렸어요.

아빠, 있잖아요. 그런데 얼마 전에 엄마가 갑자기 아빠 얘기를 꺼냈을 때, 정말 거짓말같이 하얗게 잊어버렸던 아빠에 대한 그리움과 보고픔이 갑자기 밀물처럼 확 밀려 왔어요. 그리고 정말로 보물처럼 아주 소중한 꿈이 하나 보름달처럼 내 앞에 둥실 떠올랐어요.

아빠, 보름달 같은 꿈이 뭔지 궁금하지 않으세요? 그 꿈은 바로 아빠와 엄마와 나 그렇게 셋이서 한 상에 마주 앉아 즐겁게 밥을 먹고 한 집에서 오순도순 행복하게 사는 것이었어요.

아빠, 엄마한테 그런 내 꿈을 얘기했어요. 그랬더니 엄마의 꿈도 내 꿈과 똑같다고 했어요. 엄마도 아빠랑 나랑 그렇게 셋이서 한 집에서 행복하게 살아보는 게 죽기 전의 마지막 소원이라고 했어요.

아빠, 내 욕심만 말해서 죄송해요. 하지만 엄마와 나 두 사람을 위해서, 아빠만 기다리고 있는 불쌍한 두 여자를 위해서, 곰곰이, 깊이 한번 생각해보세요. 그런 뒤에 정말 힘들더라도, 무척 힘들더라도 확 돌아서서, 독하게 확 돌아서서 우리에게로 와 주세요. 우리의 품으로 달려와 주세요.

아빠, 나 울지 않을게요. 꼭 제 답장을 들고 저희 집으로 와주세요.

아빠의 귀여운 딸 애리 올림.

나는 그 편지를 다 읽는 순간 그동안 굳게 쌓아두었던 냉정의 탑이 와르르 무너져 내리는 것을 가슴으로 느꼈습니다. 참았던 눈물이 왈칵왈칵 쏟아졌습니다. 나도 감정의 동물인 사람이라는 것을 그대로 실감했습니다. 그때 그 심정 같아서는 그대로 애리에게 달려가고 싶었습니다. 달려가서 애리를 와락 안아주며 그동안 못해준 아빠의 의무를 맘껏 다 해주고 싶었습니다. 하지만 내 감정은 거기가 끝이었습니다.

'안 돼! 넌 거기 가서는 결코 안 돼!'

순간 내 시야에는 내 사랑하는 준영이엄마와 준영이와 동훈이의 얼굴이 마치 주마등처럼 번쩍이며 다가왔습니다. 그러자 애리는 내 기억 속에서 하얗게 지워지고 없었습니다.

"윤 선생님, 이건 대단히 실례되는 질문입니다만…."

나는 윤창훈 씨의 얘기를 다 들은 뒤에 의아해하며 질문했다.

"백장미 씨한테 아무 말도 하지 않고 그렇게 몰래 딸을 만나신 겁니까?"

"아닙니다."

윤창훈 씨가 고개를 크게 가로저으며 말했다.

"백장미 씨한테 다 말하고 만났습니다. 백장미 씨는 세상에서 내가 가장 존경하는 사람입니다. 지금 이 시대에 그런 여자는 찾아보기 힘 듭니다. 난 백장미 씨에게 조그마한 것도 숨기지 않고 다 얘기합니다."

"이 시대에 그런 여자는 찾아보기 힘 든다는 말은 뭔가 특별한 내용이 숨어 있는 것 같은데 지금 좀 말씀하시면 안 될까요?"

"죄송합니다. 내 입으로는 감히 백장미 씨의 얘기를 할 수 없습니다. 백장미 씨는 정말 너무나 특별한 여자입니다."

"어떤 면이 그렇게 너무나 특별하다는 건지요?"

"꼭 알고 싶다면 그것은 백장미 씨를 만나 직접 물어보시지요."

"윤 선생님은 왜 말씀을 못하시는 거죠?"

"죄송합니다. 저는 약속이 있어서 오늘은 이만 실례하겠습니다."

윤창훈 씨가 그러고는 또 정말 약속이 있는 것처럼 벌떡 일어나더니 허둥지둥 밖으로 나갔다.

나는 멀어져가는 그의 뒷모습을 바라보며 백장미 씨에게 뭔가 숨은 비밀이 있겠다는 생각을 했다.

사기꾼들

오후 5시가 되자 백장미 씨가 경영하는 학교 앞 떡볶이가게에는 아이들이 한 명도 없었다. 모두 퇴교하고 텅 비어 있는 운동장처럼 백장미 씨의 떡볶이가게 안도 텅 비어 있었다.

나는 백장미 씨에게 숨어있는 뭔가의 비밀을 캐내겠다는 단단한 각오를 하고 가게 안으로 들어갔다.

"어서 오세요."

백장미 씨가 공손히 인사했다. 그리고 내가 자리에 앉기 전에 먼저 말했다.

"어쩌지요? 실은 가게 문을 닫으려고 하는 참이어서 팔다가 남은 떡볶이가 조금 있을 뿐인데요."

"괜찮습니다."

나는 자리에 앉으며 말했다.

"괜찮으니까 일인분만 주세요."

"떡볶이가 이것 밖에 없어서, 정말 죄송해요."

백장미 씨가 떡볶이 일인분을 접시에 담아 내 앞에 가져다 놓으며 진심으로 죄송하다는 표정을 짓고 말했다.

"난 원래 떨이를 좋아해요. 떨이는 대게 양도 많고 맛도 있거든요."

"이해해 주시니 고마워요."

그러는 백장미 씨의 모습을 새삼 바라보니까 지금까지 진 여사와 윤창훈 씨에게 얘기들은 데로 미인이고 품위도 있어보였다. 무슨 사정으로 떡볶이가게를 하게 됐는지는 모르겠으나 백장미 씨는 본래의 품위는 잃지 않고 있었다.

"사장님, 실은 제가 오늘 사장님께 뭔가 좀 여쭐 말씀이 있어서 왔어요. 그러니까 제 앞에 좀 앉아주시면 고맙겠습니다."

"누구신데, 나를?"

백장미 씨가 나를 경계하는 듯한 표정을 짓고 물었다. 그래서 나는 솔직히 말했다.

"기억하고 계시는지 모르겠습니다만 저는 〈5학년 3반 청개구리들〉이라는 동화를 썼던 작가입니다."

"그러시면 최 선생님이신가요?"

"예, 그렇습니다. 그런데 저를 어떻게 아시죠?"

"일전에 윤창훈 씨를 만나셨다면서요?"

"윤창훈 씨가 말씀하셨습니까?"

“그분은 나한테 특별한 일 말고는 숨기는 게 없어요.”

“그럼 제가 지금 무슨 일을 하고 있는 지도 잘 아시겠군요?”

“잘 알죠. 진유미 씨의 일대기를 소설로 쓰고 있다면서요.”

“알고 계시니 정말 다행입니다. 좀 앉으시죠.”

“근데 나한테 여쭐 말이란 뭐죠?”

백장미 씨가 내 앞에 앉으며 질문했다.

그래서 내가 솔직히 대답했다.

“사실은요. 백장미 씨가 윤창훈 씨와 결혼한 뒤 어떻게 사셨는지 그게 궁금해서 찾아왔어요. 얘기해 주실 수 있겠습니까?”

“무슨 얘기를 듣고 싶으시죠?”

“실례가 될지 모르겠습니다만 윤창훈 씨를 10억에 사셨잖아요. 그런 값비싼 남편과 어떻게 사셨는지 그게 궁금해서….”

“아, 무슨 말씀을 듣고 싶어 하는지 알겠어요.”

백장미 씨가 내 의도를 잘 알았다는 듯이 고개를 크게 끄덕이고는 말했다.

“최 선생님, 새 차를 사게 되면 어떻게 관리하세요?”

“그야 뭐 혹시 누가 긁기라도 할까봐 조심조심하게 되죠.”

“그렇죠. 일억이 안 되는 차도 그렇게 애지중지 하는데, 나는 윤창훈 씨를 10억이나 주고 샀어요. 그러니 얼마나 소중했겠어요. 새 옷이나 새 차도 애지중지하는데 10억을 주고 샀다면 그 소중함이 정말 대단하지 않겠어요? 그래서 나는 항상 윤창훈 씨를 10억짜리 남편으로 바라보며 귀하게 존경하며 살아왔어요."

"얼마만큼 존경하며 살았습니까?"

"귀한 몸이잖아요. 그래서 머리부터 발끝까지 철저하게 관리했죠. 얼굴빛만 약간 좋지 않아도 보약을 지어다 먹이고 감기만 걸려도 종합병원에 모시고 가서 종합검진을 받게 했어요. 그리고 집에서 궂은일은 내가 다 담당했어요. 그렇게 철저하게 관리한 탓인지 몰라도 윤창훈 씨는 나하고 16년 함께 살면서 단 한 번도 큰 병에 걸린 적이 없었어요."

"10억짜리 귀한 몸이니까 철저하게 보살피며 관리했다, 이런 말씀이군요."

"그렇죠. 그건 또 당연한 일이잖아요. 10억짜리 귀한 남편이니까요."

"그렇겠네요. 근데, 윤창훈 씨는 백장미 씨를 어떻게 생각하시며 사셨나요?"

"내가 아내니까 아내로 사랑하며 사셨죠."

"10억에 샀는데도 백장미 씨를 정상적으로 사랑하시던가요?"

"오해하진 마세요. 내가 비록 10억을 주고 샀지만 윤창훈 씨가 애정 없이 나하고 살아준 건 아니에요."

"그럼 애정이 있었습니까?"

"있었죠. 나하고 처음 만났던 날, 내가 진심을 모두 말했고, 내 얘기를 모두 듣게 된 윤창훈 씨는 그날부터 나를 진심으로 사랑하게 된 거예요. 그래서 순순히 10억에 팔려서 내게로 와 준 거예요."

"무슨 말인지 이해가 됩니다. 죄송합니다만 결혼해서 알콩달콩 살아온 얘기를 좀 해주시면 안 되겠습니까?"

"그런 걸 왜 아시고 싶어 하세요?"

"백장미 씨도 알고 계시듯이 진유미 씨의 일대기를 소설로 쓰려고 여기까지 왔어요. 얘기를 듣다가보니까 백장미 씨와 윤창훈 씨의 얘기도 써야 되겠다 싶더라고요. 그래서 실은 실례를 무릅쓰고 오늘 이렇게 여기 오게 된 것입니다."

"한쪽 얘기만 쓰면 형평성에 맞지 않아서 그러시는 건가요?"

"맞습니다! 내 의중을 아주 콕 찌르시는군요. 서로 다른 얘기를 좀 쓰고 싶어서 그럽니다.."

"그러시다면 대충 말씀드리죠."

백장미 씨가 내 의중을 알고는 흔쾌히 얘기를 시작했다.

"결혼하고 처음엔 아무것도 하지 않았어요. 은행에 5억이란 돈이 들어 있었기 때문에 그 이자만으로도 충분히 살 수가 있었죠. 그래서 준영이 아빠한테 여행도 다니고 세상에 나가 맘껏 세상구경도 하고 맘껏 세상맛도 보라고 했어요. 그래야 좋은 글을 쓸 수 있을 것 아녜요. 그래서 처음엔 준영이 아빠와 여기저기 여행도 많이 다니고 함께 술도 마시고 했어요. 그러다가 6개월 쯤 되어서 큰아들 준영이를 임신했죠. 제가 임신하고는 준영이 아빠도 집에 들어앉아 글을 쓰더라고요. 그러면서 내가 아들을 낳기를 바랐어요. 말은 안 해도 내가 딸을 낳게 되면 키우다가 버리고 온 딸 생각이 날까봐 그런 것 같더라고요. 어쨌든 준영이 아빠가 소원했던 대로 나는 아들을 낳았어요. 그러자 준영이 아빠는 아들 이름을 준영이라 지어주고 자기가 준영이를 맡아 키우더라고요. 나야 너무 좋았죠. 아이 키우는데 아무 경험도 없었으니까요. 하여간 우리 부부는 너무 행복했어요. 그리고 2년인가 지나서 둘째아들 동훈이를 낳았죠. 동훈이도 아빠가 다 키웠어요."

"그동안 작품은 발표하지 않았습니까?"

"아뇨, 발표했죠."

내가 궁금해서 묻자 백장미 씨가 고개를 가로젓고는 말했다.

"장편소설을 두 편 발표했는데, 결과가 별로였어요. 준영이 아빠는 자기 작품이 베스트셀러가 되기를 바랐지만 번번이 초판도 다 팔지 못하는 수모를 당했어요. 그래도 나는 조금도 실망하지 않고 열심히 노력하다가 보면 언젠가는 베스트셀러 작품도 나오게 될 거라고 위로를 했죠. 아무튼 준영이가 초등학교 다닐 때까지만 해도 저희 집엔 아무 문제도 없이 행복하게 잘 살았어요. 그 사이에 따로 모시던 어머니가 돌아가셔서 장례를 치르기는 했지만 어머니가 천수를 다하시고 돌아가셨기 때문에 준영이 아빠도 크게 슬퍼하지는 않았어요. 그런데 준영이가 중학교 1학년이었을 때 제가 그만 큰 문제를 만들고 말았어요."

"큰 문제를 만들다니요?"

나는 눈을 크게 뜨고는 반문했다. 그러자 백장미 씨가 갑자기 괴로운 표정을 짓고는 냉수를 벌컥 들이켰다. 그리고는 치솟는 뭔가의 감정을 꾹 누르고는 얘기를 계속했다.

"준영이가 중학교 일학년 때였어요. 학부형 모임에 나갔더니 대학 동창인 최미자가 와 있는 거예요. 우리는 오래간만에 서로 만나서 정말 서로 반가워했어요. 최미자 아들과 준영이와 같은 반이었어요. 그래서 미자와 자주 만나게 됐어요. 그랬는데 6월 달 쯤에 최미자가 나를 찾아와서 10억짜리 빌딩이 매물로 나왔는데 그걸 자기와 반반씩 돈을 내어 사자는 거예요. 그걸 사면 빌딩에서 나오는 세만 받아도 그 액수가 엄청나다는 거예요. 그래서 좋은 기회다 싶어서 준영이 아빠한테 의논도 하지 않고 은행에 넣어두었던 돈을 찾아서 그 빌딩을 매입을 했어요. 그런데 잔금을 다 치르고 법무사한테 등기이전을 맡겼는데 빌딩명의가 다른 사람의 이름으로 되어 있다는 거예요. 그래서 깜짝 놀라서 알아보니까 완전 사기매매단에게 걸려서 사기를 당했지 뭐예요. 미자와 나는 허둥지둥 그들을 고소해서 집어넣고 재판을 했어요. 죄는 형사고, 돈은 민사라는 거예요. 그래서 재판비용 때문에 할 수 없이 집을 팔아서 작은 아파트를 하나 사고 나머지로 재판을 시작했죠. 그런데 재판은 끝이 보이지 않았어요. 게다가 사기꾼들은 감옥에서 사식을 먹으며 여유롭게 지내고, 그들에게 재판에 이겨봐야 돈은 이미 다 사라지고 하나도 없는 거예요. 대한민국에 그런 사기단이 존재한다는 게 정말 이해가 안 되더라고요. 여러 명이 짜서 했기 때문에 등기부등본까지 꼼짝없이 속게 만들었어요. 어쨌든 그래서 미자와 나는 10억을 한 푼도 건지지 못하고 그대로 다 날려버렸어요. 창훈 씨가 뒤 늦게 알고는 잊어버리라고 위로해줬어요. 거기서만 멈추었어도 괜찮았을 거예요. 그런데 또 우습지도 않는 일이 생겼어요."

"또 사기를 당하신 겁니까?"

"부끄럽지만 또 사기를 당했어요."

"또 빌딩사기단한테 당하신 겁니까?"

"아뇨. 이번엔 전혀 다른 사기였어요."

"어떤 사기였죠?"

"제가 빌딩 사기를 당하고 처참한 지경에 놓여 있을 때 강남에 있는 친구가 찾아와서 강남에서 짓고 있는 B상가 분양을 받으라는 거예요. 위치가 좋아서 분양만 받아놓으면 2년 안에 갑절로 올라갈 거라는 거예요. 그래서 빌딩 사기를 당하고 곤경에 처해 있었던 터라 어떻게 B상가를 분양받아서 보충을 해볼까 하는 생각에서 아파트까지 은행에 담보로 잡고 해서 4억에 분양을 받았어요. 그런데 뒤에 알고 보니까 이건 분양사기단에 걸렸던 거예요. 나 혼자가 아니고 이번엔 수십 명이 걸려들었어요. 그래서 사기단을 고소해서 대표자를 구속시켰어요. 그런데 그 사기단대표자에게 우리나라에서 내놓으라 하는 변호사가 몇 억씩 받고 사기꾼을 변호하고 나서는 거예요. 정말 대한민국에 이런 일도 있고 저런 파렴치한 변호사도 있구나 하는 경악스러운 사실도 알게 됐어요. 어쨌든 지금도 재판은 하고 있지만 투자한 돈을 찾기는 요원한 것 같아요. 어쨌든 그 바람에 아파트가 압류를 당하고 어쩌고 하다가 보니까 내 손에 5천만 원의 돈이 들어오더라고요. 그것 가지고 3천만 원은 지금 살고 있는 연립 24평 월세 보증금을 주고 나머지 이천만 원으로는 아이들 키울 때 떡볶이 해먹였던 솜씨를 살려서 떡볶이가게를 하게 됐어요. 한 마디로 대박인생이 하루아침에 쪽박인생이 된 거죠."

"….."

나는 뭐라 할 말이 없어서 떡볶이를 집어서 고개를 숙이고 입에 넣었다.

잠시 후, 백장미 씨는 또 내가 깜짝 놀랄 만한 일을 고백했다.

남편 빼앗기 전쟁

나는 솔직히 말해서 백장미 씨에게 어떤 말도 더 할 용기가 나지 않았다. 처참하게 망가진 백장미 씨에게 더 무슨 질문을 할 수 있으며 더 무슨 말로 위로할 수 있겠는가? 그래서 그냥 말없이 떡볶이만 먹고 있었다.

백장미 씨는 뭔가 치솟는 자기감정을 다스리려고 냉수를 마셔가며 잠시 진정하려고 애를 쓰는 모습이었다. 그러다가 갑자기 나를 바라보며 뜬금없는 질문을 했다.

"최 선생님, 한 가지 묻고 싶은 게 있어요."

"좋아요. 뭐든지 질문하세요."

"<5학년 3반 청개구리들>의 제목을 붙일 때 왜 하필이면 3반이라고 붙였어요. 1반도 있고 2반도 있고 반이 많잖아요. 그런데 왜 하필이면 3반이라고 붙였어요."

"저어····그게 말이죠."

나는 분위기가 반전되는 것을 다행으로 생각하며 잠시 지난 날을 회상했다. 그런 후 멋쩍은 미소를 짓고 대답했다.

"솔직히 말하면 그때 난 자살하고 싶은 지경에 이를 정도까지 경제적으로 코너에 몰려 있었어요. 어릴 적에 선생님들이 글을 잘 쓴다고 장차 작가가 되라고 하는 말씀에 우쭐하여 작가가 되긴 되었으나 작가의 길이 너무나 험난했습니다. 십 수 년을 고생하다가 보니까, 십 수 년 동안 돈을 제대로 벌지 못하다가 보니까 내 주변 사람들이 모두 내 곁을 떠나갔어요. 친구도 친척도 형제들도 모두 나한테 등을 돌렸어요. 정말 비참하고 처참했어요. 특히 돈이 없는 겨울은 정말 견디기 힘든 계절이었어요. 그래서 후회도 많이 했어요. 그 수많은 직업 가운데 왜 하필이면 작가라는 직업을 선택하여 내가 이런 고생을 해야 되나, 하고 나 자신의 부질없고 어리석었던 결단에 대해서 수 없이 원망하고 후회했어요. 하지만 한번 들어선 길에서 빠져 나오기란 결코 쉽지 않았어요. 그래서 날마다 독하게 맘을 먹고 '나도 꼭 베스트셀러 작가가 되리라' 이런 결심을 하며 살다가 쓰게 된 것이 <5학년 3반 청개구리들>이었어요. 그러니 얼마나 신중에 신중을 기했겠습니까. 그래서 제목을 놓고도 고민, 고민하다가, 하늘을 바라보며 '하느님 좋은 제목을 주세요.' 그렇게 막연히 소원을 빌어보기도 했어요. 그러다가 3반을 선택했어요. 5자와 3자를 더하면 8자가 되잖아요. 그래서 책이 출간되면 팔팔 잘 팔려 나가라고 3반으로 했던 것입니다. 그랬는데 지성이면 감천이라고 하느님이 돌봐주셨는지 <5학년 3반 청개구리들>이 정말 팔팔 잘 팔려서 대베스트셀러가 되었습니다."

"그러셨군요. <5학년 3반 청개구리들>에 그런 사연이 숨어 있었군요. 그러고 보면 선생님도 결국 하늘을 바라보며 하느님께 막연하게 비셨군요. 그러는 행위는 미신이 아닌가요?"

"미신인지도 모르죠. 하지만 우리 애국가에도 하느님이 보우하사 우리나라 만세가 나오잖아요. 그래서 그 하늘에 계실, 우주를 통치하고 있을 하느님께 막연히 빌었던 거죠. 그때 제가 그렇게 죽음 직전까지 코너에 몰리는 상황이었기 때문에 지푸라기라도 힘이 된다면 붙잡고 싶은 심정이었죠. 그래서 그렇게 했던 것입니다. 하지만 지금도 그렇게 해서 하느님을 움직인 것을 후회하지는 않습니다. 지성이면 감천이라는 말을 지금도 믿고 있습니다."

"최 선생님이 그렇게 말씀하시니까 저도 용기를 가지고 말씀드릴게요."

백장미 씨는 잠시 숨을 가다듬으며 자신을 정리한 듯한 태도를 보이다가 말했다.

"순전히 내 실수로 10억짜리 남편을 3천만 원에 20만원 월세를 내는 24평 연립으로 옮겨서 살아야 되는 내 입장으로서는 정말 가슴이 아팠어요. 그런데 정작 준영이 아빠는 아무렇지도 않는 듯이 나를 위로했어요. 자기는 아무렇지도 않으니까 아무 신경 쓰지 말고 옛날처럼 행복하게 살자고 했어요. 그런데 내 마음은 도저히 행복하다는 것에 머물려고 하지 않았어요. 자꾸만 갈팡질팡되는 것을 어찌할 수 없었어요. 그런 어느 날 이웃집에 사는 애기엄마가 놀러왔어요. 그래서 우리는 서로 이런 저런 얘기를 나누게 됐어요. 그러다가 그 애기엄마가 무슨 얘기 끝에 자기 남편이 실직했던 얘기를 꺼냈어요. 결혼할 당시에는 어느 회사에 다녔는데 결혼하고 얼마 안 되어서 이유 없이 해고를 당했대요. 그래서 그들은 앞이 캄캄했대요. 모아둔 재산도 없는데 갑자기 그런 일을 당하고 나니까 정말 아찔하더래요. 겉으로는 아무렇지도 않은 듯이 지냈지만 속은 새까맣게 타 들어 갔대요. 애기엄마는 너무 답답하고 어떻게 할 방법도 몰라서 안절부절 못하다가 친구를 만나서 사정을 얘기했대요. 그랬더니 그 친구가 새벽에 일어나서 하늘을 바라보며 하느님께 도와달라고 한번 빌어보라고 하더래요. '지성이면 감천이라지 않니,' 그러면서 하느님이 첫 소원은 반드시 들어준다, 그러더래요.

애기엄마는 그 얘기를 듣고 나자 자기도 모르게 자꾸만 파란 하늘을 바라보게 되더래요. 미신이라는 생각을 하면서도 자꾸만 마음이 하늘을 향해 끌리더래요. 그런데다가 걱정이 되어 새벽에 잠도 안 오더래요, 그래서 아무도 모르게 새벽에 일어나서 베란다로 갔대요. 그리고 여명의 하늘을 바라보며 두 손을 모아 하느님께 자기 남편을 꼭 취직시켜달라고 간절히 기도했대요. 그러니까 어쩐지 하느님이 자기 기도를 들어 줄 것 같더래요.

어쨌든 석 달을 그렇게 새벽마다 베란다에 나가서 하늘을 향해 기도했는데 정말 하늘이 감동을 했는지 어쨌는지 거짓말 같이 우연히 자기 남편이 소방서에 취직되더래요. 그래서 지금까지 행복하게 잘 살고 있다는 거예요."

백장미 씨는 잠시 숨을 가다듬어 얘기했어요.

"애기엄마한테 그 얘기를 듣고 나자 어쩐지 나도 그렇게 한 번 해보고 싶더라고요. 우리 가정의 소원은 오직 준영이 아빠가 베스트셀러작가 되는 것이었어요. 그래서 나도 새벽마다 일어나서 아무도 모르게 베란다로 나가서 여명의 하늘을 바라보며 두 손을 모아서 하늘에 계실 하느님께 제발 준영이 아빠를 베스트셀러 작가로 만들어 달라고 간절히, 간절히 빌고 또 빌었어요. 어쨌든 그러니까 마음도 편안해지고 하느님도 어쩐지 내 기도를 들어줄 것만 같은 느낌이 오더라고요. 그래서 처참할 정도로 가난해졌지만 그럭저럭 편안하게 잘 살았어요. 그런데 어느 날, 홀연히 진유미 씨가 나타나서 우리들의 행복을 깨뜨리려고 했어요. 10억에 윤창훈 씨를 도로 찾아가겠다는 거예요. 그래서 두 번째 찾아왔을 때 찾아가고 싶으면 110억을 내고 찾아가라고 했어요. 그랬더니 진유미 씨가 큰 문제를 만들었어요."

"큰 문제를 만들었다니요? 무슨 문제를 만들었죠?"

"나한테는 도저히 안 될 것 같으니까 준영이 아빠를 설득하려고 했어요. 준영이 아빠도 안 될 것 같으니까 준영이 아빠와의 사이에서 태어난 대학생인 애리라는 딸을 앞세워서 준영이 아빠를 쓰러뜨리려고 했어요. 그래도 준영이 아빠가 꿈쩍도 않으니까 이번에는 정말 무서운 칼을 빼들었어요."

"무슨 칼을 빼들었다는 겁니까?"

"그게 글쎄… 일전에 집 주인이 찾아와서는 자기가 연립으로 들어와 살아야겠다면서 이사비용과 모든 비용을 물어줄 테니까 한 달 안에 집을 비워달라는 겁니다. 그뿐만 아녜요. 어제는 이 떡볶이가게 주인이 나타나서 역시 이 가게를 자기네가 하겠다며 손해비용은 줄 테니까 한 달 안에 비워달라는 거예요."

"그러니까 그 모든 것이 진유미 씨가 뒤에서 조종하고 있는 일이라는 말이죠?"

"제 느낌으로는 그렇다는 확신이 와요,."

"그 확신을 뒷받침할만한 무슨 증거라도 있습니까?"

"진유미 씨가 어제 오후에 나를 찾아왔었어요. 그리고는 110억의 절반인 55억을 줄 테니까 준영이 아빠를 돌려달라는 거예요. 자기가 10억을 잘 관리하지 않았다면 다 날려버릴 수도 있는데 잘 관리해서 110억이 됐으니까 그 절반만 받으라는 거예요."

"아주 악랄한 방법을 쓰는군요."

"난 그렇게 생각하지 않아요."
"그렇게 생각하지 않다니요?"
"생각해보세요."
백장미 씨가 아주 진지한 태도로 말했다.
"옛날엔 가난이 싫어서 남편을 판 거예요. 그런데 돈이 손에 들어오니까 남편이 얼마나 소중한 존재인가를 깨닫게 된 거죠. 그러니까 55억이라는 거금을 주고 도로 찾겠다는 것이죠."
"윤창훈 씨의 몸값이 상당히 상승했군요."
"아마 나라도 그렇게 해서라도 남편을 도로 찾으려고 했을 거예요."
"근데요…."
나는 백장미 씨의 의중을 알고 싶어서 엉뚱한 질문을 했다.
"준영이 엄마는 어떻게 하실 겁니까? 55억에 준영이 아빠를 진유미 씨에게 돌려보낼 겁니까?"
"그래야 될 것 같아요."
"왜죠?"
"귀한 분이잖아요. 10억이나 주고 산 그 귀하신 분을 24평 월세 사는 연립에서 살게 할 수는 없는 일이잖아요."
"그래서 정말 돌려 줄 겁니까?"
"내 마음은 그래요. 난 준영이 아빠를 정말로 사랑하고 있으니까 조그마한 불편도 주고 싶지 않아요. 그런데 준영이 아빠가 어떻게 생각할지 모르잖아요. 그래서 이 문제를 놓고 솔직하게 의논을 한 번해 볼까 해요."

"만일 그랬다가 준영이 아빠가 진유미 씨한테로 가겠다고 하면 어떻게 하시려고요."

"그때는 보내야죠."

"보내요?"

"순전히 내 실수로 하류인생이 됐잖아요. 10억이나 주고 산 그 귀한 분을 어떻게 하류인생으로 살게 할 수 있겠어요. 진유미 씨가 안 찾아가겠다면 모르지만 찾아가서 상류인생으로 살게 하겠다는데 내가 반대한다면 그건 말이 안 돼요. 그렇게 되면 그건 내가 준영이 아빠를 진정으로 사랑하지 않았다는 것으로 밖에 볼 수 없으니까요."

"아무튼 준영이 아빠는 대단한 분이군요. 한마디로 복이 많은 사람이군요."

"그렇죠. 그럴 수도 있죠."

"이삼일 쯤 지나서 제가 한 번 더 찾아오겠습니다. 그때 어떻게 의논이 됐는지 알려주세요."

"그렇게 할 게요."

백장미 씨는 아무렇지도 않게 마치 남의 얘기를 하듯 편안하게 말했다. 그 표정으로 보아서는 이미 마음정리가 모두 되어 있는 모습이었다.

'어떤 결과가 나올까?'

나는 백장미 씨가 어떤 결론을 내릴지 매우 흥미롭고 궁금했다. 그녀들은 이미 목숨을 건 것과 같은 남편 빼앗기 전쟁에 돌입한 것이었다.

그런데 며칠 후, 내가 정말 꿈에도 상상 못할 뜻밖의 결과가 내 앞에서 펼쳐졌다.

애리의 반란

나는 백장미 씨와 헤어진 뒤에 곧바로 집으로 갔다. 윤창훈 씨가 55억에 다시 팔려서 전 부인인 진유미 씨에게로 갈 것인지 아니면 가난해진 백장미 씨와 함께 살게 될 것인지 그 결과가 정말 흥미롭고 궁금했다. 그래서 내 나름대로 이런저런 상상을 해보고 있었다. 그때 뜻밖에도 연락을 뚝 끊고 있던 진 여사한테서 전화가 걸려왔다.

"진 여사님, 도대체 어떻게 된 거예요. 전화도 안 받고 전화도 없고, 난 무슨 큰일이 생겼나 매우 걱정했습니다."

"죄송해요. 큰일이 생긴 것은 아닌데 심경이 많이 복잡해서 전화를 안 하고 안 받은 거예요. 이해하고 용서해 주세요."

"저는 잘 삐지지 않는 소탈한 작갑니다. 근데 오늘은 어떻게 전화를 하신 겁니까? 나머지 부분을 얘기하실 겁니까?"

"시작을 했으니까 끝마무리가 있어야겠죠."

진 여사가 여기서 잠시 말을 멈추고 뜸을 드리듯 숨을 고르고는 말했다.

"저번에 윤창훈 씨가 커피를 쏟아놓고 그걸 담으라고, 그러면 당신 곁으로 돌아가겠다고 하고는 돌아서서 걸어가는 데까지 얘기한 것 같아요."

"예, 맞습니다. 거기까지 얘기했습니다."

"솔직히 말씀드리면 나는 아직도 윤창훈 씨와 결혼하고 살았을 그때의 애정이 그대로 고스란히 남아 있는데 윤창훈 씨에게선 그런 애정이 전혀 남아있지 않더라고요. 그래서 안 되겠다 싶어서 대학생이 된 딸 애리를 통해서 윤창훈 씨를 돌아오게 해보려고 노력했어요. 그런데 그 작전도 실패했어요. 그래서 나는 얼마동안 완전 실의와 절망에 빠져 있다가 백장미 씨의 경제적 상태를 살펴보았어요. 그랬더니 정말 말이 아니게 곤경에 처해 있더라고요. 그래서 마지막작전으로 나쁜 짓을 시작했어요."

"나쁜 짓이라뇨?"

나는 의아해 하며 질문했다. 그러자 진 여사가 한숨을 푹 쉬고는 말했다.

백장미 씨와 윤창훈 씨가 살고 있는 24평 연립이 월세더라고요. 그래서 그 주인을 찾아가서 지금 살고 있는 분을 내보내시면 이사비용 및 손해보상비는 내가 다 물어주고 주인한테 따로 3백만 원을 주겠다고 했어요. 그랬더니 주인이 돈 3백만 원에 금방 눈이 멀어서 당장 그렇게 하겠다고 하더라고요.

그리고 떡볶이가게 주인도 찾아가서 그와 같이 제안했더니 얼씨구나 하고 얼른 내 제안을 받아 들이드라고요. 세상이 정말 무섭더라고요. 돈만 들어오는 일이면 무슨 짓이든 서슴지도 않고 발 벗고 나설 정도로 정말 무시무시한 세상이라는 것을 새삼 실감했어요.

그리고 그런 일을 벌이는 나를 바라보니까 나는 그분들보다 몇 배나 더 나쁜 사람이더라고요. 목적을 위해서 수단과 방법을 다하는 현대인의 냉혹한 모습이 바로 나에게 있더라고요. 나는 그러는 내가 너무 싫고 무서워 잠시 전율을 느끼기도 했어요. 하지만 나로선 어떻게든 창훈 씨를 찾아야만 되는 입장이었기 때문에 어쩔 수가 없었죠.

어쨌든 그렇게 일을 벌여놓고 백장미 씨를 만났어요. 백장미 씨도 갑자기 일어난 일련의 자기를 옥죄는 사건들이 나로 인해 일어난 것임을 어렴풋이 짐작하고 있더라고요. 그래서 110억 가운데 55억을 줄 테니까 남편을 돌려달라고 했어요. 그랬더니 백장미 씨가 흔들리더라고요. 윤창훈 씨만 동의한다면 자기도 허락하겠다고 했어요. 왜 그러냐고 했더니 10억짜리 남편을 24평 연립에 살게 할 수는 없다는 것이었어요. 자기는 남편을 진심으로 사랑하기 때문에 남편이 하류인생으로 사는 게 싫다는 것이었어요. 그래서 나는 됐다 싶더라고요.

그래서 발걸음도 가볍게 기쁜 마음으로 집에 갔어요. 그리고 그날 밤에 딸 애리한테 그 말을 했어요."

"애리야, 너희 아빠를 55억을 주고 도로 찾아오기로 했다. 넌 어떻게 생각하니?"

"엄마, 미쳤어!"

애리가 눈을 크게 뜨고는 마치 독사 같은 모습을 하고 나를 공박하는 거예요.

"엄마, 아빠 나이가 얼마야. 50이 넘었어. 게다가 삼류소설가야. 아무 쓸모도 없는 남자야. 그런 남자를 무슨 55억이나 주고 찾아오려고 해. 1억도 비싸. 그러니까 아예 단념해."

"애리야?"

나는 애리의 너무나 상상 밖의 반응과 태도에 큰 충격을 받고 한참을 진정한 뒤에 달래듯이 말했어요.

"그분은 네 아빠야. 아빠를 도로 찾아오는 일인데 55억이 뭐가 많다고 그러니? 나는 100억이라도 주고 도로 찾아오고 싶은 심정이다."

"엄마, 착각하지 마세요. 지금 엄마가 18세 소녀인 줄 아세요. 엄마는 50대에요. 그 나이에 아빠가 왜 소중해요. 나도 아빠가 소중하긴 하지만 55억이나 주고 찾아오고 싶지는 않아요. 지금까지 아빠 없이도 잘 살아왔는데 새삼스럽게 아빠가 왜 필요해요. 난 필요 없어요. 아빠가 스스로 우리에게로 온다면 몰라도 55억이란 거금을 주고 찾아오겠다는 것은 백번 천번 반대에요!"

"닥쳐라!"

나는 나도 모르게 내 인격을 송두리째 짓밟은 애리를 날카롭게 바라보며 소리쳤어요.

"흥, 그랬구나. 넌 아빠가 아무것도 아니었구나. 그러면서도 엄마 때문에 어쩔 수 없이 만나주며 아빠 없이는 못살겠다고 헛소리를 하며 매달렸구나. 가증스러운 것! 그래, 싫으면 관둬라. 하지만 이 엄마는 110억을 다 주고라도 너희 아빠를 찾아올 거야!"

"엄마, 지금 정말 어떻게 된 거 아니에요? 16년 동안 생각도 않고 살다가 갑자기 아빠가 왜 그렇게 소중해졌는데? 갑자기 늦바람이라도 난 거야!"

"닥쳐, 이 못된 계집애야!"

나는 도저히 더는 이성적으로 참을 수가 없어서 애리의 따귀를 후려쳤어요. 그리고 삿대질하며 소리쳤어요.

"꼴도 보기 싫다. 당장 내 앞에서 꺼져라! 이것도 딸이라고 남편까지 팔아서 금이야 옥이야 키웠단 말야! 내가 바보였어! 내가 완전히 얼간이었어! 이따위 자식이 뭐가 소용이 있다고 내 인생을 다 바쳐서 키웠단 말인가! 아아, 나는 바보야, 나는 등신이야!"

"엄마, 진정해!"

애리는 실성할 것같이 후들거리며 소리치는 나를 바라보며 나보다 돈 걱정을 하고 있었어요.

"엄마, 그 110억은 내가 상속받을 재산이야. 하나뿐인 엄마의 딸이 상속받을 재산이라고! 그 재산을 왜 미쳤다고 그 여자에게 줘! 나 아빠 따위 필요 없어. 다시 말하지만 필요 없어! 그러니까 아빠를 찾아오겠다는 그런 허무맹랑한 생각은 아예 오물통에 던져버리라고요!"

누가 그 어미에 그 딸이라고 말했던가? 애리는 나보다 더 돈을 밝히는 아이로 자라 있었어요. 애리에게 아빠와 엄마가 다시 만나 행복하게 살았으면 좋겠다는 지극히 상식적이고, 도덕적이고, 인간적인 생각 따위는 아예 존재하고 있지도 않았어요. 내가 딸을 그렇게 키운 거예요. 그저 저 하나에만 내 인생 모두를 걸고 살았어요. 그게 뭐라고, 그따위 자식이 뭐라고 그렇게 목숨 걸고, 인생 모두를 걸고 애지중지 키워 왔는지 정말 모르겠더라고요.

"에이 못된 계집애야! 독사 새끼 같은 이 독한 계집애야. 당장 내 앞에서 사라져!"

나는 슬퍼서 너무 슬퍼서 울부짖듯 소리쳤어요. 비록 내가 그렇게 키우기는 했지만 갑자기 애리의 돌변한 모습을 보는 것 같아 너무 괴롭고 너무 슬펐어요. 그래서 정말 미친 것처럼 악을 썼어요.

"유산이라고? 네 유산이라고? 미친년 유산 좋아하네. 난 너한테 단돈 일 원도 물려줄 마음이 없어! 그러니까 꿈도 꾸지

마! 대학생이 되도록 키웠으니까 이제 네 갈 길로 가던지 내 마음대로 해. 너 따위 자식 같은 건 아무 소용도 없어!"

나는 애리에게 그렇게 돌질을 퍼붓고는 집을 뛰쳐나왔어요. 윤창훈 씨를 다시 내 남편으로 찾아와서 남은 여생은 정말 서로 사랑하며 행복하게 살아야겠다는 꿈을 꾸며 상상했던 모든 일들을 애리가 한순간에 깡그리 짓밟아 버렸어요. 창훈 씨와 나의 사랑탑을 사정없이 무너뜨린 거예요. 그래서 나는 순간적으로 그렇게 미쳐버렸던 거예요. 완전히 돌아버렸던 거예요.

"미친년! 미친년! 딸도 아닌 독사 같은 년! 그걸 내가 왜 그렇게 사랑하며 키웠을까? 아아, 바보 등신!"

나는 그렇게 집을 나와 소리치면서 오랜만에 친정에 찾아갔어요. 엄마, 아버지와 남동생들에게라도 위로를 받고 싶었던 것 같았어요. 그래서 가자마자 내 감정을 주체하지 못해 울며 불며 애리와 있었던 모든 것을 털어놓았어요. 그러면 부모와 남동생들이 애리를 욕할 줄 알았어요.

'애리가 정신이 나갔나보다. 아빠와 함께 사는 게 좋을 텐데 어떻게 망언을 했을까, 철이 없어도 그렇지 도대체 애가 되먹지 못했구나!'

그러면서 나를 위로할 줄 알았어요. 그런데 그게 아니었어요. 먼저 엄마가 불난 집에 부채질을 했어요.

"그건 애리 말이 맞다. 아무 짝에도 쓸모없는 쓰레기 같은 인간을 무슨 55억이나 주고 도로 찾아온다는 거냐? 그렇게 돈이 많으면 늙은 애비 에미에게 10억이라도 주면 좋겠구나!"
"그건 네 엄마 말이 맞다!"
이번엔 아빠가 부채질을 했어요.
"사내가 50이 넘었으면 볼장 다 본 것이야. 그러니 네 엄마 말대로 우리나 호강시키거라!"
"누님, 진정하세요."
이번엔 남동생이 부채질을 했어요.
"누님, 엄마 아버지는 제가 잘 모실 거니까 저를 좀 도와주세요. 요즘 사업자금이 많이 딸려요. 10억만 밀어주면 크게 성공할 것 같아요."
"다 집어 쳐! 다 그만둬!"
나는 위로받으러 갔다가 완전히 돌아버릴 지경에 빠졌어요.
"돈, 돈, 돈, 그놈의 돈이 그렇게 좋아! 자식의 행복 따위는 안중에도 없고 자기만 행복하게 살 궁리를 해! 뭐 사업자금을 10억이나 도와달라고? 너 미쳤니? 너 돌았어! 1억이 뭐 애 이름인 줄 알아! 이런 어리석어빠진 것, 다 집어 쳐! 다 그만둬! 난 혼자야, 정말 혼자야!"
나는 정말 미쳐버린 지경이 되어 발을 동동 구르며 소리쳤어요.
"난 찾을 거야! 난 110억을 다 주고라도 찾을 거야! 그래서 남은 내 인생을 여봐란 듯이 윤 서방과 아주, 아주 폼 나게 행복하게 살 거라고!"

진 여사가 악을 쓰며 말하다가는 또 전화를 뚝 끊었다.

"진 여사님! 진 여사님!"

아무리 소리쳐 불러도 끊어져버린 전화기에서는 영영 아무 반응이 없었다. 나는 그래서 또 진 여사가 스스로 전화할 때까지 기다리기로 했다.

그런데 며칠 후, 정말 상상도 못했던 일들이 벌어져서 나를 깜짝 놀라게 했다.

이루어진 꿈

며칠 후, 나는 백장미 씨가 경영하는 떡볶이가게로 찾아갔다. 진 여사한테서는 연락도 없고 그동안 일이 어떻게 진전되어가고 있는지 궁금해서 백장미 씨를 찾아갔던 것이다.

그런데 떡볶이가게 앞에 가서 나는 적이 당황했다. 떡볶이를 팔고 있는 사람이 백장미 씨가 아닌 다른 아주머니였기 때문이었다.

"저어 실례지만 말씀 좀 묻겠습니다."

나는 그 아주머니에게 공손히 인사하고 말했다.

"전에 여기서 떡볶이를 팔던 아주머니는 어디로 가셨습니까?"

"그럼 혹시…소설을 쓰신다는 최 선생님이세요?"

그 아주머니가 내 아래 위를 훑끔 살피며 되물었다. 그래서 내가 고개를 끄덕이고 대답했다.

"예, 그렇습니다만……"

"아, 그러시군요. 반가워요. 안으로 좀 들어오세요."

그 아주머니가 마치 기다리고 있었다는 듯이 나를 아주 반갑게 맞아주었다.

나는 그 아주머니가 하라는 대로 안으로 들어가 자리를 잡아 앉았다. 그러자 그 아주머니는 내가 시키지도 않았는데 떡볶이 일인분을 가져와 내 앞에 놓아주며 말했다.

"이 떡볶이 값은 이미 제가 받았어요."

"떡볶이 값을 받다니요? 누구한테요?"

"전에 계시던 사장님한테서요."

"아니, 그럼 그분은 이 가게를 그만두신 겁니까?"

"예, 어제 저한테 급히 이 가게를 물려주었습니다."

"그럼 그 아주머니는 지금 어디에 계십니까?"

"그 아주머니가 선생님이 오실 거라면서 오시면 이 편지를 전해주라고 했어요. 한번 읽어보세요."

그 아주머니는 백장미 씨가 내게 남겼다는 편지를 건네주었다.

나는 야릇한 기분으로 편지를 받아서 어떤 내용이 들어있을까 싶은 야릇한 긴장감 같은 것을 느끼며 편지를 뜯어보았다. 편지의 내용은 아래와 같이 되어 있었다.

존경하는 최 선생님께

선생님, 편지 한 장 달랑 남기고 떠나게 되는 나를 용서하세요. 사정이 그렇게 되었어요. 선생님이 여기 다녀가셨던 그날 밤, 나는 10억짜리 남편 윤창훈 씨에게 조심스럽게 모두 얘기했어요. 진유미 씨가 찾아와 55억에 도로 찾아가겠다고 해서 당신만 동의한다면 그렇게 하겠다고 했다는 것과 10억짜리 남편을 24평 연립에 살게 할 수는 없다, 그건 내 양심과 사랑이 용납하지 않는다, 그러니까 진유미 씨에게로 가세요. 뭐 그렇게 얘기했어요. 그랬더니 윤창훈 씨가 껄껄껄 웃더라고요. 그러면서 내 손을 꼭 잡고 내 얼굴을 빤히 바라보며 말했어요.

"당신은 역시 나를 진심으로 사랑했어요. 별 볼일 없는 3류 작가를 10억이나 주고 사서 10억짜리 남편으로 섬겼던 당신은 정말 내 아내요. 나도 당신이 나를 귀하게 생각하는 것만큼 늘 당신을 10억짜리 아내로 귀하게 생각하며 사랑했소. 그런 당신에게 베스트셀러작품을 선물하지 못해서 정말 늘 죄송했소. 그런데 지난번엔 내 이름으로 작품을 발표해서 잘 안 되기에 이번엔 윤대박이란 이름으로 바꾸어서 <약속위반>이란 소설을 발표했소. 그런데 그것이 요즘 베스트셀러가 됐소."

"아니, 그럼 요즘 신문방송에 늘 광고되는 <약속위반>이란 작품이 바로 준영이 아빠가 쓴 작품이란 말예요?"

"그렇소. 속여서 미안해요. 하도 잘 되지 않아서 속였던 것이요. 그런데 그것이 잘 팔려서 지금 내 통장에 제법 거금이 들어와 있소. 한번 보시오."

그러면서 준영이 아빠가 내 앞에 통장을 내미는 거예요. 그래서 받아보니까 동그라미가 굉장히 여러 개 있더라고요. 그래서 세어보니까 억이 되는 거예요. 그 앞에 5자가 붙어 있었어요."

"아니, 이건 5억이잖아요?"

"그렇소. 앞으로도 5억은 더 들어올 거라고 했어요."

"그러면 준영이 아빠가 10억 남편이네요."

"그런 셈인가요. 그거 당신 다 가지세요."

"여보!"

나는 너무 꿈만 같아서 준영이 아빠 품에 와락 안기며 나도 모르게 감격의 울음을 왈칵 터뜨렸어요. 그때 불현 듯 새벽마다 베란다에 나가서 여명의 하늘을 바라보며 준영이 아빠를 꼭 베스트셀러작가로 만들어 달라고 하느님께 간절히 빌고 또 빌었던 일이 생각났어요.

'그랬구나. 지성이면 감천이라더니 결국 내 기도가 하느님을 감동시켰구나. 하느님 감사합니다. 정말, 정말 감사합니다.'

나는 감격과 기쁨의 눈물을 주룩주룩 흘리며 속으로 몇 번인지 모르게 하늘에 계실 하느님께 거듭거듭 감사기도를 했어요.

아무튼 준영이 아빠가요. 여행경비를 출판사가 다 부담하겠다고 했으니까 모든 것을 다 뒤로 미루고 아이들과 함께 여행을 떠나자고 했어요. 그래서 나는 여행을 가게 되었어요.

최 선생님, 그동안 내 얘기를 들어준 것 고맙고 감사했어요.

최 선생님, 베스트셀러작가가 되고 난 뒤 그동안 하느님을 잊어먹고 사셨죠. 간절한 마음이 하늘을 움직이는 것은 미신이 아닌 것만 같아요. 최 선생님도 옛날처럼 다시 한 번 새벽에 일어나 여명의 하늘을 향해 베스트셀러 작품을 쓸 수 있게 해달라고 간절히 빌어보세요. 지성이면 감천이라잖아요. 최 선생님이 다시 한 번 대 베스트셀러작품을 꼭 쓰시기를 진심으로 기원합니다.

준영이 엄마 백장미 올림

나는 편지를 다 읽고는 무슨 꿈을 꾸고 있는 것만 같았다. 그래서 한동안 넋 나간 사람처럼 멍하니 앉아 있었다.

그런 어느 순간, 불현 듯 진 여사의 얼굴이 불쑥 떠올랐다.

'그렇다면 진 여사는 어떻게 된 건가? 닭 쫓던 개 지붕 쳐다보는 꼴이 되어버린 것인가?'

어쨌든 나는 진 여사를 반드시 만나야 봐야 된다는 생각을 하고는 벌떡 자리에서 일어났다.

마지막 편지

나는 진 여사를 꼭 만나야 된다는 생각을 하며 집으로 갔다.

그런데 집에 가자마자 아내가 뜻밖의 소식을 전했다.

"여보, 어서 와요. 조금 전에 당신 앞으로 빠른 등기가 하나 왔어요."

"누가 보냈던가요?"

"자세히 안 봤는데……"

그러면서 아내가 쥐고 있던 편지를 다시 보면서 말했다.

"진 유미라는 분인데… 진유미면 여자 아니에요? 당신 혹시 요즘 연애하세요?"

"누가 들으면 진짜인줄 알겠소. 편지 이리 줘요."

나는 아내한테 빼앗듯 편지를 받아 봉투를 뜯고 펼쳐보았다. 편지에는 아래의 내용이 적혀 있었다.

존경하는 최 선생님께

최 선생님, 그동안 내 얘기 늘 들어주셔서 정말 고맙고 감사했어요. 이제는 더 만날 일도 없고 해서 마지막으로 편지 한 장 보냅니다. 그냥 큰 부담 갖지 마시고 읽어주세요.

최 선생님, 꿈은 반드시 이루어진다고 했는데 내 꿈은 깨어지고 말았어요. 얼마 전부터 크게 베스트셀러가 되었던 윤대박이 쓴 <약속위반>이란 제목의 책이 바로 윤창훈 씨가 쓴 책이었답니다. 그래서 인세를 거금으로 받아 백장미 씨에게 주는 바람에 남편을 55억에 도로 찾으려고 한 내 꿈은 산산조각이 나버렸어요.

승리자는 백장미였어요. 백장미 씨는 내 남편을 10억에 사서 10억 남편으로 정말 소중히 생각하며 살았대요. 손이 더럽혀질까봐 설거지 한 번 안 시켰대요.

그런데 나는 윤창훈 씨를 종처럼 부려먹었어요. 애기를 키우게 하고 빨래와 설거지를 하게하고 정말 아주 값싼 남편으로 여기며 살았어요. 그래서 백장미 씨가 10억에 사겠다고 했을 때 웬 떡이냐 생각하고 목숨을 걸고 팔았어요. 팔려가기 싫어서 그렇게 울며 매달리며 '약속위반'이라며 어떻게든 나하고 살아보려고 하는 사람을 마치 거머리를 떼어내듯 잔인하게 떼어내어 기어이 10억에 팔아먹었어요. 지금에 와서 생각해보니까 나는 바보였던 것 같아요. 그까짓 자식이 일류인생이 되는 게 뭐가 그렇게 대단하다고 그렇게 하나 뿐인 딸한테 매달렸는지 정말 나는 바보 등신이었던 것 같아요.

윤창훈 씨가 친구들은 가난하면서도 부부가 행복하게 살고 있더라며 우리도 행복하게 살다보면 좋은 날이 올 거라고 했을 때 왜 나는 그 말을 귀담아 듣지 않았을까요? 왜 남편을 10억짜리로 귀하게 보며 살지 않고 마치 무슨 쓰레기 취급하며 살았을까요?

최 선생님, 지금은 후회해봐야 아무 소용이 없겠지만 너무너무 후회가 되네요. 처음 윤창훈 씨와 만났던 날 마치 백마 탄 왕자가 나를 찾아온 것 같은 감격을 맛보고 그 감정으로 결혼했는데, 왜 결혼하고는 내가 먼저 변했을까요? 수많은 하객이 보는 앞에서 검은 머리가 파뿌리가 되도록 변치 말고 서로 사랑하며 살자고 손가락을 걸며 맹세해놓고, 나는 왜 그 약속을 그렇게 쉽게 헌신짝 버리듯 버렸을까요? 왜 백마 탄 왕자가 10억 아니 백억 이상의 값이 나가는 존재라는 것을 생각하지 못했을까요?

최 선생님, 내가 한없이 불쌍해 보이시죠. 나는 정말 불쌍해요. 목숨 걸고 키워온 하나뿐인 딸한테 배반당하고 부모와 형제한테 버림받고, 친구들한테 버림받고, 세상에 오직 나 하나 달랑 남아있어요. 돈 110억을 쥐고, 쓸데도 없는 돈 110억을 쥐고 눈물을 흘리며 세상바다의 벼랑 끝에 서서 파도치는 세상바다를 바라보고 있어요. 도대체 나는 이제 어디로 가야 될까요? 내가 갈 곳이 도대체 어디일까요?

최 선생님, 내 마지막 꿈은 윤창훈 씨를 다시 내 남편으로 찾아서 남은 여생을 맘껏 서로 사랑하며 살아보는 것이었어요. 이제 그 꿈은 모두 물거품이 되어 내 앞에서 사라져 버렸어요.

최 선생님, 만일 내가 다시 한 번 더 태어날 수만 있다면 그래서 윤창훈 씨와 다시 한 번 부부가 될 수 있다면 나는 윤창훈 씨를 10억짜리 남편으로 생각하며 살아보고 싶어요. 세상에서 가난한 많은 부부가 그렇게 서로를 존중하며 살아가는 것처럼 나도 그렇게 살아보고 싶어요. 자식도 소중한 존재이긴 하지만 자식은 그냥 인생살이 속에서 필연적으로 만나 잘 키워서 결혼을 시켜주는 것으로 그만이라는 가벼운 생각을 하며 가장 중요한 것은 아내와 남편이 서로를 10억 이상의 값나가는 존재로 서로 아끼고 서로 귀하게 생각하며 살아가는 그런 삶을 살아보고 싶어요. 정말, 정말 그런 삶을 살아보고 싶어요.

최 선생님, 이제 저는 외톨이가 됐어요. 내 방에는 저 혼자 있어요. 술도 있고, 죽을 수 있는 약도 있어요. 내 처참한 모습을 내가 바라볼 때는 그냥 술과 약을 먹고 조용히 이 세상을 떠나고 싶어요. 그게 정말 지금 내가 결정할 가장 타당한 선택일까요?

최 선생님, 아직 아무것도 결정하지 않았어요. 모쪼록 내 얘기를 소설로 발표해 주세요. 그래서 세상에 있는 윤창훈 씨와 나같이 가난하게 살고 있는 수많은 부부에게 서로를 10억 이상의 값나가는 존재로 생각하며 서로 아끼고 귀하게 생각하며 살아갈 수 있도록 결심하게 하는 그런 귀감의 소설이 되었으면 좋겠어요.

최 선생님, 그동안 너무 고맙고 감사했어요. 그동안 내 얘기를 써준 수고비는 우편으로 보내겠어요. 사양 말고 받아주세요. 최 선생님, 사모님과 자녀들과 늘 건강하며 행복하게 사시기를 진심으로 빌면서 이 불행한 여자 진유미는 여기서 작별을 고합니다.

진유미 올림

에필로그

친애하는 독자님!

<남편을 10억에 팔아먹은 여자>를 처음부터 끝까지 다 읽고 나니까 어떻습니까? 감동이 좀 옵니까? 즐겁습니까? 슬픕니까? 가슴이 아프십니까? 먼 나라 얘기 같습니까? 아니면 자기 얘기 같습니까? 주인공과 같은 입장에 놓인다면 독자님도 주인공과 같은 결론과 결정을 내리겠습니까? 아니면 죽을지언정 결코 그럴 수는 없다고 강하게 거부하시겠습니까?

사람이 누구나 자기의 입장에서 생각하고 판단한다면 언제나 자기의 생각이 정답이고 자기의 판단이 옳다고 할 수 있을 것입니다. 하지만 상대를 배려하고 상대를 존중하고 상대의 입장에서 생각하고 판단한다면 내가 먼저 한발 물러서고 내가 양보해야 될 일도 많이 있을 것입니다.

누가 말했지요. 아름다운 것은 누가 봐도 아름답고 더러운 것은 누가 봐도 더럽다고요. 결코 아름다운 것이 더럽게 보이고 더러운 것이 아름답게 보이지는 않을 것입니다.

사랑은 아름답습니다. 사람이 태어나서 늙어 죽을 때까지 그래도 가장 짜릿하고 행복했던 순간은 젊은 남녀가 만나서 서로 뜨겁게 사랑할 때가 아닐까 싶습니다. 그보다 더 아름다운 추억을 만들기는 그리 쉽지 않을 것입니다.

섣부른 결론과 판단이 사람을 불행하게 만드는 경우도 있습니다. 조금만 참았더라면 행복이란 것을 품에 안았을 수도 있었을 텐데 그 조금을 참지 못해서 영원히 불행해지는 경우도 왕왕 보게 됩니다.

요즘은 거의 대부분의 독자님들이 많이 배워서 모두 이성적이고 똑똑합니다. 그분들에게 저자가 감히 무엇을 가르치려하는 것은 큰 실수고 무리라고 봅니다.

저자는 이 책을 쓰면서 독자님들과 함께 생각해보는 시간을 갖고 싶었습니다. 너무나 치열하고 각박하게 돌아가는 이 엄청난 황금만능시대 속에서 잠시나마 내 남편이나 내 아내를 바라보며 황금으로 그 존재감의 값을 계산해 보는 것은 재미있고 의미 있지 않겠습니까?

내 남편이나 내 아내를 물질로 값을 매긴다면 10억 정도는 되지 않을까요? 10억이면 큰 보물이잖아요. 몇 천 만원하는 다이아몬드도 장속에 숨겨두고 좋아죽는데 10억이면 대단하죠. 그 10억과 매일 함께 살고 있다고 생각한다면 아주 즐겁고 행복하지 않겠습니까?

아무튼 마지막으로 저자가 꼭 한마디 하고 싶은 말은 책머리에서도 말했지만 사람은 내일 일을 아무도 모른다는 것입니다. 어차피 내일 일을 모른다면 차라리 내일은 행복하게 될 것이라는 꿈을 안고 오늘을 아무 흔들림 없이 꿋꿋하게 열심히 사는 것은 어떻겠습니까? 그것이 오히려 행복하지 않겠습니까?

글을 맺습니다. 모쪼록 독자님들의 남편과 아내는 서로 10억 정도의 보물은 되는 귀한 존재라고 인정하고 서로 존중하고 서로 사랑하며 행복하게 잘 사셨으면 참 좋겠다는 큰 소망을 독자님께 마음으로 선물하며 글을 맺습니다.

최승훈

남편을 10억에 팔아먹은 여자

2022년 4월 15일 인쇄
2022년 4월 20일 발행

지은이 | 최 승 훈
펴낸이 | 김 용 성
펴낸곳 | 지성문화사
등 록 | 제5-14호 (1976. 10. 21.)
주 소 | 서울시 동대문구 신설동 117-8 예일빌딩
전 화 | (02) 2236-0654
팩 스 | (02) 2236-0655